阅微

有一种果实叫怀疑

郑州大学出版社

郑州

图书在版编目(CIP)数据

阅微·有一种果实叫怀疑/马国兴,吕双喜主编.—郑州:
郑州大学出版社,2019.2
  (小小说美文馆)
  ISBN 978-7-5645-5986-1

  Ⅰ.①阅… Ⅱ.①马…②吕… Ⅲ.①小小说-小说
集-中国-当代 Ⅳ.①I247.82

  中国版本图书馆 CIP 数据核字(2019)第 006585 号

郑州大学出版社出版发行
郑州市大学路 40 号
出版人:张功员
全国新华书店经销
河南龙华印务有限公司印制
开本:710 mm×1 010 mm 1/16
印张:10
字数:146 千字
版次:2019 年 2 月第 1 版

邮政编码:450052
发行部电话:0371-66658405

印次:2019 年 2 月第 1 次印刷

书号:ISBN 978-7-5645-5986-1 定价:29.80 元
本书如有印装质量问题,请向本社调换

编委名单

总策划 任晓燕

主　编 马国兴　吕双喜

副主编 王彦艳　郜　毅

编　委 马　骁　牛桂玲　胡红影　李锦霞

　　　　　段　明　孙文然　丁爱红　郑　静

　　　　　付　强　连俊超　郭　恒

序

任晓燕

"小小说美文馆"丛书这项出版工程，推举小小说作家，推出小小说作品，推广小小说文体，为进一步推动全民阅读工作常态化、规范化，提升国民素质和社会文明程度，共同建设书香社会，做出了应有的贡献。

纵观我国现代文学史，每一种文体的兴盛都有其复杂的社会文化背景。其中，传媒载体是一个不容忽视的重要条件。如大型文学期刊之于中、短篇小说，报纸文化副刊之于散文、随笔。现代社会，传媒往往引导着阅读的时尚。

当代中国的小小说，也是如此。

仅仅在三十多年前，小小说对于读者来说，还是一个较为陌生的概念。在称谓上也五花八门，诸如微型小说、一分钟小说、超短篇小说、袖珍小说、千字小说、快餐小说、迷你小说等。当时，全国没有一家小小说专业报刊，小小说作品往往作为报刊的补白或点缀，难登大雅之堂。与之相对应，也没有专门从事小小说创作的作家，大都属于散兵游勇式的业余创作。而全国性的文学评奖，更是从来就没有小小说的一席之地。

在这种情况下，1982年10月，郑州小小说文化传媒有限公司的前身百花园杂志社，敢为天下先，在旗下的文学期刊《百花园》推出"小小说专号"，引起文学界的关注，受到读者的欢迎。此后，1985年1月，《小小说选刊》正式创刊；1990年1月，《百花园》改版为专发小小说的期刊。此外，百花园杂志社还多次举办小小说笔会、评奖等文学活动，先后创办小小说学会、函授学校等民间机构，不断推进小小说作家专集、作品选本等出版项目。

通过业界同仁多年不懈的努力，小小说已从点点泛绿到蔚然成林，以独立的姿态屹立于中国当代文坛，跻身"小说四大家族"，并进入鲁迅文学奖评选序列，在全国各地拥有逾千人的较为稳定的创作队伍，成为广大读者喜闻乐见的文体。

小小说是新兴的文体，又有着古老的渊源，在一定程度上，它与文学的起源密不可分：上古神话传说如《夸父逐日》《嫦娥奔月》《女娲补天》等，就具有小小说精炼、精美的叙事特征；春秋战国的诸子著述，不乏微型珍品；南朝刘义庆的《世说新语》，堪称我国最早出现的小小说集；宋代人编撰的《太平广记》，可谓自汉代至宋初野史小小说的集大成著作；清代蒲松龄的《聊斋志异》，创立古典小小说的高峰；现代鲁迅的《一件小事》等，开启白话小小说兴盛的序幕。

近几十年来，小小说之所以大行其道，是与现代生活节奏合拍分不开的。从这个角度来说，小小说是一种最具有读者意识的文体。同时，小小说受到世人的普遍关注，根本原因在于展示出了宝贵的文学艺术价值。当代中国的小小说，继承了从古代神话到诸子寓言、从史传文学到笔记小说的叙事艺术传统，并与各种艺术形式的美学精神相通相融。比如对意象之美和境界之美的追求，就代表着中国文艺美学的主要传统，它是至高的，也是永恒的，也正是小小说艺术的自我要求。

文学创作的成功与否，不能以篇幅长短而论，最终还是看思想艺术上的成就。诸多优秀小小说作品，言近旨远，微言大义，给读者留下了难以磨灭的印象，其艺术含量和思想容量丝毫不逊于中、短篇小说。所以，小小说最能够、也最便于在读者心灵上打下烙印，原因就在于它的精炼和集中，常常呈现给读者引人入胜或发人深思的典型事件，性格鲜明的典型人物。小小说还是"留白的艺术"，把最大的想象空间留给读者，去回味、创造和补充。小小说对语言的要求很高，诗歌创作中的炼字炼意，对于小小说同样适用。

当代中国的小小说已形成气候，成为一种广阔的文学景观。今日，小小说已步入创作成熟期，以特有的艺术魅力丰富着我们的精神生活，也必将在文学史上留下自己的位置。在此，作为一位"小小说人"，我期望小小说作家像苍穹中的繁星那样，闪烁出五彩缤纷的个性之光。

（任晓燕，郑州小小说文化传媒有限公司董事长，《百花园》《小小说选刊》总编辑。）

目录

1

规　定

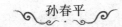
孙春平

第二扎钞票放进点钞机，唰唰响过，如溪水奔流，显示屏上亮出数字：101。很清晰，又是 101 张。

储蓄所柜员田晓宁往窗外扫了一眼，将这扎票子单独放一旁，再点第三扎，100 张。

她又往窗外看了一眼，拿起第二扎，重新点，这次是手点，确是 101 张。再用机器点，仍是 101 张。

她将多出的那一张取出来。其余的两扎也必须重新点，不光机器点，还须手点。人家说是储三万，若是其中哪扎少了一张呢？

在认定确是多出一张后，田晓宁悄悄地按下了柜台下面的按键。

那个按键与保安和经理的对讲机相通。

片刻，保安和经理已默默站在窗外那个人身后不远的地方。

窗外的那个男士，四十岁左右，身材中等，微胖，瓦刀脸，目光冷峻。

窗口处放着现成的仿皮椅，可他不坐，就那样叉着腿，两臂环抱，给人一种似在叫板或挑衅的感觉，神情不和善。

这已经是第三次了。

一周前，也是他，来储三万，在第三扎里多出一张，害得田晓宁小心翼翼

反复数了一遍又一遍。

第二次，三天前，还是他，还是储三万，又多了一张。

在下班前的小结会上，经理说："工作要小心，不可出错，这条原则一定要坚持。我们这片小区，离退休老人多，退休金基本都打入卡中，老人们大多是只认现金，不上网上银行，每次提取量又不是很大，这就无形中给我们增加了很大的工作量，所以希望前台柜员在不出错的前提下，还是要加快工作进度。"

经理虽没点名批评，可田晓宁还是感到了不安，便把有人故意在票扎里多放票子，害得她每次都要多点好几次的事说了。

有同事说："咱们好几个窗口呢，怎么这事都叫你摊上了？"

田晓宁说："我注意了，那人手里好像拿着好几张号，不会是只等我的窗口吧？"

同事笑说："不会是人家在搭讪套磁吧？兴许下次就请田姐下班后共进晚餐呢，电视剧里都这么演。"

田晓宁脸红了，瞪眼嗔道："不开玩笑好不好？领导让我坐前柜，没觉得我有失银行的形象，我已深表感谢了。"

的确，国内银行似乎都有这种不成文的规定，前台柜员多派年轻漂亮的女孩子，堪比航空公司选空姐。

田晓宁的年龄的确偏大了，模样也不漂亮，但眼下储蓄所工作量大，也只能以"空嫂"代"空姐"，退而求其次了。

田晓宁又说："实话实说，我已经暗查了这人卡上的存储记录，他每次送来的三万元钱，都是刚刚从别的所提取出来，转身就跑到咱们这边来，还故意多放一张，什么意思呀！"

经理警觉了，说："那就这样，以后那个人要是再玩这一套，你就暗中向我报告。我看这起码是有意破坏工作秩序，可以视为治安问题。必要的话，我们请警方协助处理。"

田晓宁嘟哝说："也没那么严重吧。"

经理说："严重不严重，不关你的事。"

经理的老公就是附近派出所的所长，所以有时她说话比所长还横。

田晓宁停止了点钞，问："您确认是存入三万元吗？"

男士答："三万。"

田晓宁又问："您带身份证了吗？"

男士答："带了。"

田晓宁问："可以让我看看吗？"

男士冷冷作答："不可以。"

"为什么？"

"依据银行的规定，存储现金五万以下没有必要出示身份证。"

田晓宁无言以对。她注意到，这位男士身后不远，除了经理和保安，已站立了两位警察，一场纠纷似乎已不可避免。

就在这时，储蓄所的门被重重撞开，一位拄着拐杖的老太太跌跌撞撞地冲进来，直扑那位男士，抓住袖子就往外扯，一边扯还一边骂："你个浑东西，走，跟我走，回家！"

男士忙回身搀扶老人，说："妈，你咋来了？"

老太太喊："我在家喊不着你，就知你又来犯浑了。回去！"

男士也大声嚷："我没犯浑，我就是要让他们知道知道，拿着死规定故意刁难人是个啥滋味！"

隔着玻璃窗眼见了这一幕并清清楚楚听到这番对话的田晓宁一下就明白了。

十天前，这位老太太来过储蓄所，拿一张三万元的定期存款单要提取现金，田晓宁问是否带了身份证，老太太将身份证递进来，姓名却不是存款单上的人。

田晓宁摇头。

老太太说："单子上的名字是俺家老头子，可老头子住院了，急性阑尾炎，要做手术，急等着用钱呢。"

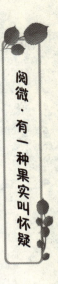

田晓宁将存款单退回，说："定期存款提前支取，即便本人来，也必须带身份证，这是规定。"

一小时后，老太太又来了，还与一位老大爷发生了争执。

老太太说："我不是没排号，是上次没办完。"

老大爷说："没办完就重排，你急，谁不急？"

可老太太仍没带来存款人的身份证，却将家里的户口本和两张银行卡送进了窗口，急切地说："我儿子把老爷子的医保卡和身份证都带医院去了，我要是再跑个来回，你们就下班了。这是我家的户口本，我们肯定是老两口。这两张卡是理财产品，你上机器查查看，二十多万呢。还有我的身份证，我都押在这儿，你先把钱支给我，我明天一早就来，准定来，姑娘，帮帮忙吧。"

眼望着窗外那张布满皱纹的求助脸庞，还有已送进凹口的银行卡和身份证，田晓宁一点也不怀疑老人家的真实，但她只能微笑着说："对不起，大姨，不行，这是规定。"

她记得清清楚楚，那次老人来时没挂拐杖，腿脚看起来也还灵便。

那么，她的腿伤，是不是就是在那次回去的路上，或者心急滑倒，或者被街道上的车辆碰到了呢？

不得而知。

隔窗而望，那位男士和他的老母亲仍在吵嚷，排号的人围了过来。

眼见着，经理已给警察使了眼色，警察迅速地往男子身边靠近，田晓宁突然大声喊："经理，您快扶大姨坐好。请这位先生回到窗口来。与本所业务不相关的人请到外面去吧。"

当日，下班后骑上自行车的田晓宁决定，这就去老太太家，地址好找，早记录在老人先前留下的资料中。

利用自己的时间，去储户家访问，这应当不违反规定吧。

她心中只是犹豫，去看望老人，总不好两手空空。带上点什么水果好呢？

身　教

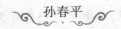

孙春平

　　楚宁退休后不久就不再染头发了,不过三五个月,昔日精神矍铄的中年人变成了白发苍苍的老者,再出席社会活动,老朋友竟一时认不出他,惊诧之后便说,还是染一染吧,再不染,人家会喊你老大爷的。

　　楚宁呵呵一笑,不做辩解。

　　楚宁退休前是市实验中学的校长,此前数十年,一直在校园里忙碌,当着校长还担负着两个高三班的物理课教学,身体保养得不错,不胖不瘦,腿脚灵活。

　　不光师生们没把他当花甲人,就是他自己,似乎也从未意识到已入暮年。

　　退休后,他也曾一度叹息,可惜了这个好身体。

　　好在自我调整得快,很快就释然了。

　　做好了颐养天年心理准备的楚宁给自己布置下的第一道作业是坐公交车把本市的景观好好游览一番,有些地方还要下车走一走。

　　这一游确实让他大为惊叹。

　　当校长那些年,上下班有通勤车接送,基本是两点一线。就是坐进车内,脑子里转的也多是校园管理和教学上的事情,哪有心情去欣赏窗外的

景致？

可眼下就不一样了，心绪和眼睛都长了翅膀，可以自由自在地在天地间飞翔。这还是生活了数十年的城市吗？真是天翻地覆，变化太大了！

当然，令楚宁惊叹的，除了车窗外的巨变，还有车厢内的情景。

社会日益老龄化，乘车的皓首蹒跚之人已比比皆是。

上车时，白发人的腿脚自然竞争不过身手敏捷的年轻人。

先登者势如破竹地冲向空闲的座位，甚至理直气壮地占据了车上那几个专留给老弱病残孕的席位，坐下后便好像接到了号令一般，纷纷掏出手机，全然不顾身边就站立着与他们的父辈甚至祖辈同龄的苍迈老者。

有时，司乘人员也会略尽职责地喊上两句，说请给老年人让让座位。

有人会应声而起，但那毕竟是凤毛麟角。更多的时候，年轻一代对提醒充耳不闻。

这样的情景看多了，楚宁先是生出愤慨，后来便是反思。

社会风气如此，如果追责，是不是我们这些教育工作者也难辞其咎呢？

这些年，学校里只讲物质不灭，只讲负负得正，又讲过多少仁孝礼信和尊老爱幼这些人生的基本道理？须知，在正数前面再多上一个负号，那就是南辕北辙适得其反呀。

有一次，楚先生乘车时，有个中年人悄声问："您是楚——？"

楚先生轻轻摇头，没让问下去。

中年人却慌慌站起，说："真是对不起，长时间没见老师，都不敢认了。"

楚宁则说："你坐，我站一站挺好的。"

没想两人正这般推让间，另一位汉子却一屁股坐下去。

学生愤愤地说："我是让给老师的。"

汉子哼道："座位不是你家的吧？让也应该让给我，我的年纪比他大。"

学生还想争辩，却被楚宁拉到一边。

那个时候，楚宁还染着头发，乌黑而茂密，而那个汉子则有些谢顶，乍眼看去，真不比楚先生年龄小。

也许，楚宁不再染发的决心就是从那一刻下定的。

当然，若是以为楚先生想以此赢得年轻人的礼让，那就太看低了我们这位老校长的品格。

项庄舞剑，另有深意。

公共场合，不宜言传，那就身教吧。

他要用实际行动弥补一下昔日在校园里缺失的教育。虽说未必会有多大功效，但只要有，总胜于无吧。

从此，楚宁每天都坚持着去公交车上挤一挤，而且专选客流高峰的时段。

他的目光不再仅仅专注于窗外的建筑，看到有老哥哥老大姐上车，他便远远地招呼，说："您坐到我这里吧。"

老人们常会礼让，说："还是你坐，看样子你年纪也不小了。"

楚宁便故意大声笑道："是吗？我觉得我还很年轻呢！"

这种时候每每会引发笑声，埋头玩手机的年轻人也会在笑声里扬起脸庞，并时有年轻人主动起身，让位给旁边的老年人。

效果不错，贵在坚持，楚宁信心大增。

那天傍晚，公交车快靠站时，突听一位女士惊呼："钱包，我的钱包！"

车厢内骚乱起来。

司机不失时机地打开了车内所有的灯，大声喊："请大家委屈一下，我不开车门，警察马上就到，搜不出钱包都不要着急下车。"

警察很快到位。

众目睽睽之下，钱包竟从楚宁腰间被搜了出来。

乘客斥骂着拥上前欲打，好在有警察护在身旁。

目瞪口呆的楚宁一时不知如何是好，只是喃喃："怎么会这样？"

警察冷笑道："人赃俱获，你又想怎样？"

司机说:"这个人常坐我们的车,还常给比他年纪大的老年人让座,我心里一直挺感动的。"

警察年轻,口气很冲,说:"他有座不坐是想干什么?师傅不要被表面现象迷惑呀。"

楚宁和失窃女士被带到了派出所,两人分别写材料,女士写失窃经过,楚宁则写犯罪交代。

女士很快写完,走了。

楚宁却端坐如盘,连笔都不拿。

警察说:"你有本事就扛,我看你扛到什么时候!"

夜深的时候,一位警官来了,进屋直奔楚宁,紧紧握住手说:"对不起老先生,让您蒙受不白之冤了。"

警官又对年轻警察说:"我已经查看了公交车上的视频,在人丛中发现了一个惯偷的身影。此人惯用的手段,就是在事情败露后趁混乱把窃品塞到别人身上。我们现在的任务,就是抓紧时间把这个惯偷捉拿归案。"

那夜,警官将楚宁送出派出所门外时,问:"看神情气度,您是领导吧?"

楚宁哈哈一笑说:"退休了,官大官小一个样。"

警官又问:"能告诉我您的姓名吗?"

楚宁说:"案情既已与我无涉,又何必多问?"

警官坚持要用警车送楚宁回家,但楚宁不让。他说:"这时辰,火车站前有两路公交车客流量还不小,你一定要送,就送我去火车站前吧,我今天的任务还没完成呢,我坐公交车回家。"

选劳模

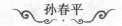
孙春平

　　冬日里，下了一场几十年未见的大雪。大棚怕雪压，乡民们一个个冲进了风雪中。

　　县乡领导也到了田间。有位县领导还把自己身上的雨衣脱下来，披到乡民盖海林身上。

　　盖海林年过半百了，人们喊他"盖老海"。隔天的晚间新闻，市县电视台都在播抗灾的消息，屏幕上出现了县长脱雨衣往盖老海身上披的镜头。市里的报纸头版上的照片，也是领导给老农披雨衣。人们嘻笑道："盖老海时来运转，福光高照，也许真要盖住海啦。"

　　半月后，县里下了通知，说要召开抗灾庆功大会，并把表彰的名额分配给各乡镇。村主任魏杰从乡里回来时，带回选出一个劳模的任务。

　　时间要求挺紧。入夜，村里大喇叭喊："一家出一个管事的，晚饭后到村委会开会，谁家人不到，罚款五十。"村民担心大棚出意外，便打发老人和妇女去开会。

　　魏杰一看不是事儿，伸手将插销一拔，院里的大灯泡子便熄了光亮。他提着灯泡子往村外走，人们呼啦啦在后面跟，一路走一路说笑。有人喊："小心啊，灯泡子碰到谁不当紧，可碰碎了就得开黑会啦。"魏杰忽略了有人在跟

他嬉闹,伸手去抓灯泡,没想那大灯泡还灼热着,手一抓便扔开了,如果不是有电线牵着,真就摔碎了。人们快乐地哄笑。

魏杰在村东大棚外选了一处宽阔些的地方,把大灯泡子往窝棚前一挂,便算会场了。只是老年人眼见着少了许多,那是老人们见会场转移,心想田里自有当家主事的男人,便不再来凑热闹。魏杰喊:"女人孩子们往后靠一靠,各家睡炕头的到前边来!"

有人接话:"我家炕头都是老猫睡。"

闹腾了这一阵,魏杰开始说正事,讲意义,提要求,最后说:"大家都说说,选谁合适?"

朱老九说:"选老海嘛。一秋加一冬,人家把大棚当洞房,县太爷都亲自给他披雨衣,不选他还选谁?"

朱老九是那种二八月的庄稼人,农闲时爱倒弄点儿小买卖,农忙时,虽也在田地里撅腚猫腰,但也不正经干。有一天夜里突然被警察堵在赌窝,慌急之间,他窜进灶间操起了菜刀,说:"我往后要是再赌,就这下场!"说着手起刀落,少了根手指,从此落下了"朱老九"的外号。

虽说人品不讲究,但朱老九的提议却正合村主任的"朕意"。在乡里时,乡长也是这么示意的,说一定要保证盖老海当选。当时魏杰说:"那就是他了嘛,何必脱裤子放屁!"乡领导说:"有些程序不能不走,这个道理你不懂呀?"

朱老九那么一提,魏杰说:"有人已经提议选盖老海了,大家要是没什么意见,就这么……"

盖老海忙喊:"不行不行!各位老少爷们儿,我盖老海一辈子老实巴交地土里刨食,可从没做过丧良心的事呀。要是一定得选出一个人,我看就让老九去吧。"

会场骤然冷了场。乡间有个典故,说那些年搞生产队时,有个铁姑娘队长成了县里的劳模,后来又当了大队妇女主任,常跟大队书记挨家去"割资本主义的尾巴"，还把育龄妇女家搞得鸡飞狗跳。一来二去，姑娘家家的，肚子竟大了，公社派人来查，才知劳模还有贪污行为。却说这姑娘有个小侄子，有一天跟别的孩子打架，一个骂"你爸是懒虫"，一个回"你爸是懒猫"；一个骂"你妈偷地瓜"，一个回"你妈偷苞米"。后来，对方那个孩子突然回了石破天惊的一句："你姑还是劳模呢!"劳模的小侄子一下哑了嘴巴，大哭着跑回了家。

魏杰说："候选人有两个了，那大家举手表决一下好不好?"

有人说："当面举胳膊多不民主啊。背对背，投票。"

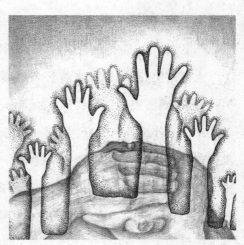

也有人质疑："别整景啦，谁身上还带了纸和笔呀?"

魏杰便低头在地上找草棍儿或小石子。可这是在田里，漫天覆盖的尽是冰雪。魏杰见有人正抽烟，便说："谁带着烟? 贡献出来。"

可谁又肯当这种冤大头呢? 就连那正抽着的，也急急把那大半截烟扔到脚下。魏杰低声骂了句什么，从衣袋里摸出票子，往身边人手上一塞，说："你快去，到小卖部买一条烟来。"

烟很快买回来了，魏杰让撕扯开分发，妇女孩子不算数，每人一颗。"都点上，一人一个烟尾巴，就顶选票了。这回民主了吧?"

有女人抗议："民主个屁，男女为啥不平等?"

魏杰说："不服回家改户口本去。当然，谁家爷们儿没来，二当家的也可以发一根烟。可你一定得投呀，想把烟带回去巴结爷们儿可不行。"

女人们心满意足地笑成一片。

魏杰让盖老海和朱老九站到灯下去，投票人依次从两人身后经过，同意

谁便把烟尾巴扔在谁身后。盖老海初时还不肯站过去,魏杰故意冷下脸,说:"这是民意,你少扯里根儿楞。"朱老九却不需废话,他自知不会当选,还嬉皮笑脸地对着灯光吐烟圈儿。

投票顺利进行。投过票的却不愿离去。结果已明晃晃地丢在了两人身后,跟下来的乐子不捡岂不亏大了!

终于轮到候选人投票了。盖老海和朱老九一转身,便都哈哈大笑。盖老海把手上的烟头往朱老九脚下一摔,便往人堆里跑,还喊着:"谢谢啦,谢谢啦!"朱老九一怔,也把烟头往自己脚下摔,说:"你们这是拿我耍啊,不算数!"

人们大笑,是那种洪水蓄势轰然暴发的笑,是那种极开心极得意的笑,笑得弯腰抱肚,笑得你推我搡。盖老海只得了五六票,朱老九的烟头却堆成了小山。恶作剧让村主任哭笑不得,也恼不得。老百姓的日子艰辛而平淡,难得这么一点儿乐子,你能怎么样呢?

魏杰绷着脸,等人们笑累了,才重重咳了两声,说:"大伙儿把烟给我骗去抽了,乐子也找了,这回该我说话了吧。"他这样给刚才的事情定性,既宣布了选举的无效,也给自己找了一个重新选举的借口:"还是抓紧回到正事上来。同意盖老海的请举手。"他率先高高地举起了胳膊。

村民们知道见好就收的道理,便也纷纷举手。

"同意朱老九的举手。"魏杰接着说。

只有盖老海孤单单地举了,那朱老九见状,却急把手举起来,喊:"选不选的,也别让我成个'蛋'啊!"

魏杰笑说:"你刚才选了盖老海,再举胳膊就是废票。你不是个'蛋',也是个'球'!好,盖老海当选。散会!"

有一种果实叫怀疑

秦德龙

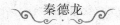

也许是读书读得多了，王科学的心里长出了一种果实，这种果实叫怀疑。在周围的人看来，王科学成了怀疑一切的人。好在现在不是"打棍子、扣帽子"的年月，人们顶多对他敬而远之。当然，王科学是理直气壮的。因为，在书本上，他发现了马克思最喜欢的名言："怀疑一切"。王科学骄傲地宣称："怀疑精神是科学的精髓！"

他怀疑什么呢？首先，他怀疑科学。王科学认为，一切科学的结论，都必须接受实践的检验，这才是科学精神。听他这么叽叽呱呱地怀疑科学，人们让他举例说明。现在，谁都不是傻瓜，不拿出事实说话，没人相信。

王科学是这样举例说明的："世界上普遍应用的炸药，是中国人发明的火药吗？"

人们马上笑了："这还用怀疑吗？火药是中国的四大发明嘛。"

王科学板下脸说："必须怀疑。我告诉你们，现在普遍使用的炸药，是瑞典的诺贝尔先生经过无数次实验后合成的化学物质，是在特定条件下，由特定化学元素合成的结果。"

听他这么说，人们面面相觑。人们从未听说过现在使用的炸药是诺贝尔的研究成果。

王科学开始给人们上课了："科学不是信仰，信仰不是科学。不要迷信和崇拜任何东西。科学是理性，理性不能代替感性。科学的对立面是谬误，是伪科学。"

见他这么较真，人们都笑了。有人笑着问："王科学，您长相这么英俊，这也是科学吧？"

"你错了，你把'科学'这个词，当成话语霸权了。话语霸权主义，是危险的。我告诉你，科学解决不了美，科学解决的是真。"

"王科学，那你说说，怎样的美，才算是科学的美呢？"

"美，并没有一定的标准。如同所有的科学结论，需要放在实践中不断地检验。例如，在封建社会中，中国女人以小脚为美；而现在，则以染黄头发为美。"

"哈哈，你说得真玄，太复杂了。"

"如果我们有怀疑的目光，科学就会把世界简化。"

"你越说越复杂了。"人们用复杂的目光瞅着王科学。在人们的心目中，王科学这家伙真复杂——大脑复杂，思路复杂，语言复杂，行为复杂。

王科学依旧严肃地说："我要证明给你们看，科学会把世界简化。同时，我要证明，'怀疑一切'，才是科学的态度。"

王科学举起一杯水说："这是什么？水。水的沸点是多少？对，一百摄氏度。冰点呢，理论上是零摄氏度。可是，我现在怀疑这个理论。我认为，水的世界是奇怪的，是千姿百态的。我要通过探索来证明，一百摄氏度不沸，零摄氏度不结冰。"

听他这么说，人们都好奇地睁大了眼睛。又有一些人围了过来，争相目睹王科学充满怀疑精神的表演，充满科学态度的表演。

王科学把大家请进了实验室。众目睽睽之下，王科学经过一番操作，取出了一份"过热水"和一份"过冷水"。王科学告诉大家，这两种水，都是超纯净水。众人惊异地看到：超纯净水加热到一百摄氏度不沸，降温到零下四十摄氏度不结冰！

众人啧啧称奇。王科学矜持地说："怎么样？我的怀疑没有错吧？问题并不复杂，只需要我们具备怀疑的目光。换言之，科学的过程会将世界简化！"

众人唏嘘有声，重新打量着王科学，发现他很洒脱，发现他真是个与众不同的家伙。

人们都知道了王科学是个"怀疑一切"的人，而且，是个能证明"怀疑一切"的观点是正确的人。而且，还从王科学那里知道了，"怀疑一切"的观点是由法国著名数学家、哲学家笛卡尔提出来的。笛卡尔说的，当然具有权威性了。

王科学就成了公众人物，被某大学请去开讲座了。

到了大学，王科学才知道，这次开讲座，还请了一位张文学。为了增强互动性，讲座的方式是"王科学 VS 张文学"。说白了，就是王科学代表"科学派"，张文学代表"人文派"，展开思想交锋。王科学首先阐明了"科学派"的观点，张文学则亮明了"人文派"的理论。接下来，两派开始了激辩：王科学认为"人文派"太浪漫，张文学认为"科学派"太现实；王科学认为"人文派"少智商，张文学认为"科学派"少思想；王科学认为"人文派"太悲观，张文学认为"科学派"太乐观；王科学认为"人文派"杜撰自由，张文学认为"科学派"消解责任……

双方唇枪舌剑。讲座引起了轰动，大学讲堂里掌声如潮。

讲座结束后，校长执意留下王科学和张文学共进午餐。校长意味深长地说："什么是大学精神？就是大学自治。没有怀疑一切的态度，就没有学术思想的独立和进步。"又转向张文学说："你说呢？张先生？"

张文学谦虚地说："我说什么呢？我是校长请来的陪练！"说着，用手指指王科学，笑了。

王科学也笑了："其实，张先生一出场，我就怀疑他的身份了！说句实话，我是因为怀疑一切，才有饭吃的！如果没有独立思考，我能成为大学的座上宾吗？所以，我相信'怀疑一切'这句话是永远正确的。"

唱歌的门卫

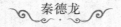

秦德龙

门卫老高喜欢唱歌。每天，只要他当班，准能听见他那雄浑的男中音："革命人永远是年轻，他好比大松树冬夏常青，他不拍风吹雨打，他不怕天寒地冻，他不摇也不动，永远挺立在山岭……"

听他唱歌，我们都会受到鼓舞，精神饱满地投入全天的工作。

下班的时候，我们也会听到老高的歌声："送君送到大路旁，君的恩情永不忘！农友乡亲心里亮，隔山隔水永相望……"

当然，也有老高不唱歌的时候。这时候，他会立在门口，笑眯眯地同每一个进来出去的人打招呼或聊上一两句。不过，多数时候，他伏在桌子上看书看报。他的眼睛没闲着，嘴巴也没闲着，轻声哼唱着谁都能听懂的旋律。

老高是个有意思的人，他快乐，而且热爱生活。

看他那身打扮吧，头发梳理得一丝不苟，穿着西装，打着领带，皮鞋锃亮，像个文艺工作者。一名门卫，有必要打扮得这么庄重吗？但是，我们不能问他。怎么问呢？难道门卫就不该打扮入时吗？

说是门卫，不但要看大门、要发报纸，还要照管寄放在大厅里的东西，包括过节发的福利。老高一个人，将各种杂事做得漂漂亮亮的。

说实在的，老高来当门卫，真有些屈才了。有一天，我问老高："您从前是搞文艺的吧?"

"哪里呀,我就是喜欢唱歌。"

"业余歌手? 您唱歌真好听。"

"承蒙夸奖!"

"大合唱,您参加吗?"

"那都是从前了。好汉不提当年勇了。"

"听了您的歌声,真受鼓舞。谢谢您,用歌声给我们带来了好心情。"

"真的吗?"老高兴奋起来,从抽斗里摸出一本歌谱。我随手翻了翻,都是从前那种激情饱满的老歌。现在,这样的老歌不多见了,大多是软绵绵的曲调。

老高又摸出一本《青年歌声》让我看。老高说:"这上面都是新歌! 我要学会唱新歌。不然的话,听众们就会觉得没意思,不来劲。"

我呵呵地笑了起来。

老高说得对。他唱的那些老歌,也许只有我们这个年龄段的人才喜欢。

但没想到,有好几天没见到老高了。一打听,才知道他住院了。什么病? 抑郁症!

老高怎么会得抑郁症? 我怎么都不敢相信。他是个快乐的人呀,抑郁什么呢?

我决定去医院看看老高。

老高正在病榻上看书。

"看什么书呢? 这么认真。"我笑道。

老高一看是我,开口说:"《青年歌声》啊。你说,我怎么就学不会现代流行歌曲呢?"

"您还是爱唱歌!"我不由得赞叹道。

老高叹了口气:"和你实说吧,我心里孤独才唱歌的! 你不知道,门卫的工作,多么孤独!"

我"哦"了一声，像不认识似的打量着老高。

"看着你们天天高高兴兴地上班，我心里抑郁呀！"

"您不也在上班吗？您为我们看守大门。"

"问题就在这里。你们体面地上班，我为了你们的体面而看守大门。"说着，老高深情而忧郁地唱了起来，"我不知道，你是谁；我却知道，你为了谁。为了谁？为了秋的收获，为了春回大雁归，满腔热血、喝出青春无悔、望断天涯不知战友何时回……"

我知道，老高是随意吟唱的，但我还是随着他哼了起来。这支 1998 年抗洪救灾最受欢迎的歌曲，至今仍动人心魄。

老高的神色很认真，不断地指出我唱跑了调，高音上不去，低音下不来。

我故作谦虚地说："水往低处走，我是一滴水哦。"

老高似有所悟，沉思片刻说："其实，我们都是大海里的一滴水。融入大海，就是波浪；滴入尘埃，顷刻皆无！"

我无言以对，只是默默地注视着老高。许久，我才说出一些安慰他的话来。

老高出院后，再没到我们单位看大门。听说，他每天乘公共汽车周游我们这个城市，从这头坐到那头，一天好几趟。而且，他在车上还情不自禁地唱歌，感染着许多人。

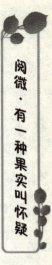

一支铅笔的社会关系

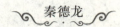

秦德龙

两个儿童在一起玩耍，不知因为什么，他们打了起来。一个儿童拿起铅笔，朝另一个儿童的眼睛扎去。

事情发生得太突然了，人们来不及多想，便被卷了进去。

受伤的儿童随着家长来到了医院，挂了急诊号，见了医生，包扎了伤口，拿了药片，还打了针。医院好像是为他开的，很多人都为他忙活了起来。对了，还有送他来的、送他走的出租车司机。出租车公司也给他提供了方便，不管是否影响其他乘客打车。

受伤儿童的家长决定状告那名恶作剧的儿童。不，是状告那名恶作剧儿童的法律监护人。最起码，对方得支付医药费和精神损失费。计算这些费用，又涉及相关的会计，而这几名会计又有着数不清的社会关系。当然，还有律师和法院，因为，要打官司，离不了律师和法院。

那个搞恶作剧的儿童，所涉及的人，与受伤的儿童大致相等。细账是算不过来的。好在他们的家长抱着"一切由法律说了算"的态度。复杂的事情，便相对简单了。

再说，那支铅笔的制造商和销售商，也面临了麻烦。在这个离奇的案件中，"二商"的许多人都脱不了干系。首先，制造那支铅笔，需要木料。这便

追查到林场。林场的负责人便喊来当班的几名植树工,要他们承担责任。植树工不肯,他们说是伐木工的事,如果伐木工不伐倒这棵树,这棵树就运不到铅笔厂去。伐木工说,怎么是我们的责任呢? 铅笔不制造出来,也不可能伤人呀。

责任就说到了石墨厂。石墨厂是制造铅笔芯的,厂商认为应该通过查找批号,把生产铅笔芯的工人找出来。被找出来的工人说,生产这支铅笔,要经过许多环节呢。这样的话,又有许多人被牵扯了进去。

类似的责任还有黏土厂。生产铅笔芯的原料中含有黏土。

对了,还要说说两名儿童所在的幼儿园。园长怪罪了副园长,副园长怪罪了幼儿教师,幼儿教师无人可怪罪,只能怪罪儿童和儿童的家长……

这件事情像滚雪球似的越滚越大。许多人都在委屈地叫嚷自己怎么会被扯进去,没人给他们做任何解释。

人人都在心里想,要怪就怪那支惹事的铅笔。

当人们为这件事寻找证据,力图洗清自己的时候,却发现那两名儿童又在一起玩耍了。

那个受伤的儿童,已经去掉了蒙在眼睛上的纱布。他好像好了伤疤忘了疼,高兴地在小伙伴面前笑着,一副没心没肺的样子,开心不已。

那个搞恶作剧的儿童,也好像不记得自己伤害过对方。他拿着水枪,拼命地向小伙伴扫射,充满了童趣。他十分专注,十分亢奋。在外人看来,就是个"酷";在小伙伴看来,就是个"帅"。

人们不解地望着他们。有人甚至拍了照,就算立存此照吧。现在的手机,都有这个功能,人人都是摄影家。人们想得很单纯,是因为这两个儿童太天真了,太可爱了。

许多年后,两个儿童都长大了。

他们都考上了大学,连专业都选得一致,学的都是法律。

他们一块毕业。一个当了法官,一个当了律师。那个搞恶作剧的孩子当了法官,那个眼睛受伤的孩子做了律师。

法庭上,他们常常舌枪唇剑,私底下,却是最好的朋友。三天两头,总是在一起吃饭,不是他请他,就是他请他。

双方的家长却是鸡犬之声相闻,老死不相往来。

一家说,理他?嘁!

另一家说,理他?嘁!

人们常常发笑。

时间虽然久了,人们却常常想起从前的那件事。

当然,人们也要对两个孩子说起那件事。

两个长大的儿童对那件事几乎忘了。人们不提那件事,他们都记不起细节,被人们一说,许多细节就想起来了。

有时候,他们中的一个,会拿那件事开玩笑。开玩笑的时候,却是进入了另一种角色,也就是对方的角色。

他们感到那件事很好玩,真的很好玩。

后来,他们俩都各自成家了,也有了自己的孩子。

各自的孩子看着爸爸的表演,欢快地击打着爸爸的脑袋。

忘机石

聂鑫森

他姓望，名岳。湘城日报社农村新闻部记者，已届不惑之年。

《百家姓》里没有这个姓，但流传至今的一万多个中华姓氏中却有"望"氏一脉。人们都以为"望岳"是他的笔名，因为杜甫的一首诗就叫《望岳》，他斩钉截铁地说："不是笔名，是正名！"

他十八年前从大学新闻系毕业，考试合格进了湘城日报社。因为他是农家子弟，因为他长得粗黑壮实，便被安排在农村新闻部。月月圆满完成任务，年年被评为先进，领导殷切表扬，可有一条，除职称是主任记者外，职务却不升不降，在科员位置上雷打不动。一个月前，报社各部门负责人大面积调整，同事都认为这回该轮到他了，可最终还是名落孙山。

他感到憋屈，憋屈得胸口又闷又痛，吸气、吐气都不顺畅，好像有块硬硬的东西堵着，用手一摸，又什么也没有。于是，他到大小医院去拍片、问诊、开药吃，费钱费力，胸口却照样憋闷。他不想待在办公室里，装着笑脸听人家的安慰，那比死还难受。于是，他频繁地下乡，开自家的小车，用公家补贴的油费，去寻找新闻线索，去写各种消息、通讯，接地气的稿子频频刊发。领导在大会、小会上称赞他不计个人得失，任劳任怨，是堪为表率的好记者。

这是个初夏的上午，黄梅雨下得细细密密。望岳在郊外的养家村，采访完村主任帮扶贫困户致富的事迹后,问道:"养村长,听说贵村有名老中医养浩然,医术到底怎么样啊?"

村主任说:"你应该宣传宣传他,不但医术高,而且人品好。你想想,他是省城中医院的大腕,干到六十五岁退休,半年前回到出生地养家村,义务为农民看病、施药,分文不取。吃住在我家里,还一定要交伙食费、住宿费。活菩萨啊!你有疑难杂症?"

"嗯。请你引路,我要去拜访养老。"

"这有何难!"

小诊所是村里的一间小杂屋,正中摆一个医案,挨墙立几个中药柜,简陋得让人吃惊。慈眉善目的养浩然,正依次为几个老叟、妇女把脉,开方子。

村主任领着望岳走上前,笑着说:"养老,这是湘城日报社的大记者望岳,他工作忙,能不能先给他看病?"

养浩然好像没听见,专心地为患者望、闻、问、切,直到患者陆续离开诊所,他才说:"对不起,我眼中只有病人,这叫'万法平等'。望记者,现在轮到你了。"

望岳说:"养老之言,最合我心意。冒昧相问,养老的姓名可来自古圣贤一语'吾善养我浩然之气'?"

养浩然说:"正是。你姓望,这个姓源自朔北的望天城,有两千多年的历史了。《望岳》是杜甫的诗篇名,尊父顺手拈来,可见对唐诗很熟悉,是希望你'会当凌绝顶,一览众山小'。"

"对,对,对。"

"你脸色不好啊,目光亦飘移,日多思、夜多梦吧?且让我来为你诊脉。"

养浩然闭上眼,用手指去感受望岳的脉跳。

"你总是感到胸口滞闷,怀疑生有异物。"

"是的。可医院拍片又分明没有,但我不相信!"

养浩然点点头,对村主任说:"你去忙吧。这时候没别的病人,我正好和望岳小友聊聊天。"

村主任说:"我还真有事。二位记着,十二点来我家吃午餐。"说完,飞快地走了。

煮茶,斟茶,品茶。一老一少如同旧相识,谈得十分投机。

望岳感受到一种从未有过的轻松。

"望岳小友,我有世传的忘机石,先煎熬一碗汤药让你服下。以后,你每隔三天来一次,保管你心宽体健。"

养浩然从抽屉里拿出一枚缀有天然花纹的青色鹅卵石,放入砂陶药罐,倒入一瓢山泉水,搁在炉火上煎熬。

望岳问:"何谓忘机石?"

"'机'者,尘俗之虑也。忘机石煎水服下,可以清心解滞去烦忘忧。李白诗云'陶然共忘机',苏东坡也称'鬓丝禅榻两忘机',都含有这个意思。"

望岳喝下一碗热热的、无色无味的忘机石水,顿觉身心俱爽。

此后,每隔三天,望岳去一趟小诊所,和养浩然胸胆开张地聊一阵天,再喝下一碗忘机石水。

一个月后,望岳不感到憋屈了,胸口不闷不痛了。他觉得在农村新闻部当一个普通记者,挺好!

望岳说:"养老,你以悬壶济世为己任,是真正的忘机石。我要为你写一篇通讯,让世人认识你的高风亮节、精妙医术。"

养浩然摇了摇头,说:"我不需要这个,请海涵!另外,我要告诉你,这忘机石是一块普通的鹅卵石,是我突发奇想为它命的名,没人入过药。人生有许多不如意的事,你得学会忘记!我以忘机石煮水做药,不过是借代,是意医,时间和你自身的悟觉才是最好的灵药。"

望岳愣了一下,然后大声说:"养老之言,让我刻骨铭心。能把这枚忘机石送给我吗?"

养浩然大声说:"溪涧之中,此种石头到处都有,随手可得。这枚石头,我要留着,以备后之患者。"

西窗烛

聂鑫森

  丁点点总是在子夜十二点，走进这家名叫"西窗烛"的小书店。

  正是仲春时节，外面下着霏霏细雨，寒气如锥。他推开虚掩的店门，空调的暖风扑面而来。门边一侧的墙上贴着一张小告示：请您先净手再读书。丁点点走到专设的木架前，在一盆温水里认真地洗了手，然后走到"免费阅读区"的一个角落里，在一张藤椅上小心地坐下来。值班的营业员是个小姑娘，叫小青。她正要走过来打招呼，丁点点摆了摆手，小姑娘马上回到她的位子上去。

  这家书店是丁点点开的，除此之外，他还有一个专门生产、销售旅游产品的公司。公司有他得力的助手管理，不用他操心，他只是白天去巡查一下，便回到除了他还有一条影子的家。书店也有专人打理，但他每夜都来，一直要守候到天亮。他常对员工说："书店白天做生意，晚上提供温馨。书店不论盈亏，旅游产品公司可做它坚强的后盾。"

  三十七岁的丁点点，老家在外省一个小县的乡下。他个子高挑，白净脸，亮眼，高鼻，很有范儿，事业也不错，可他至今没成家。他觉得一个人可以无牵无挂，自由自在，何况他已有家了，家在"西窗烛"。

  这店名取自唐诗中的"何当共剪西窗烛"，意思是夜晚来这里免费读书

的人，在氤氲的书香中，彼此都是朋友。"西窗烛"店堂不大也不小，专门辟出三分之一的地方，设立"免费阅读区"，错落有致地摆放着沙发、藤椅、长条桌、小书桌。来这里读书、过夜的人，一概欢迎。背包客、流浪者、失眠人，男女老少，谁也不知谁来自何方。但也有规定，要求服饰干净，不可大声喧哗；看书累了可以睡，天明了便离开书店。这里免费供应茶水，也备有留言簿以供书写感想。

丁点点为什么要开这个书店呢？大学毕业那年秋天，他想在老家找个工作，没有中意的。到了冬天，他背着一个旅行大包，来到这座人生地不熟的城市，一次次去应聘，不是他不愿意，就是别人看不上。身上的钱带得不多，不能住旅馆了，入夜只好在街上游走。晚上十点钟的时候，又冷又疲倦的他，发现小街上还有一家没关门的小书店，便走了进去。店主是位老人，一头白发，满脸慈祥，看了看他，说："小伙子，看样子你冻坏了，快进来暖一暖。我给你泡杯热茶。"他突然喉头哽咽，流下感激的泪水。小书店原本是十点关门的，老人却不催他走，陪着他坐在火炉边聊天、打盹儿，直到东方破晓……

第二天，丁点点又去了招聘会，什么条件也不讲了，到一家旅游产品小作坊去当推销员。几年后他辞职，贷了一笔款，办起了自己的旅游产品公司。但那个让他栖息了一晚的小书店，和那位不肯透露姓名的老人，让他刻骨铭心。他后来去找过那家小书店，谁知歇业了，老人回乡下老家去了，具体是什么地址，没人说得明白。

丁点点手里拿着一本清初张潮所著的《幽梦影》，随意地翻着。这本书他看过多少遍了，很多章节都能背下来。他眼角的余光扫视着周围，辨认着哪些是熟客哪些是新面孔，猜想着他们是干什么的。在沙沙沙的翻书声中，也会偶尔有人轻声交谈一两句，也就一两句而已。

在对面靠墙边的一个中长沙发上，坐着一位老奶奶和一个十岁左右的小男孩。他们并不是一家人，是在这里认识的。老奶奶是干什么的？不知道，只知道她是个有文化的人，她每晚看的都是辞书，或是《英汉大词典》，或是《说文解字》。她曾经有意无意地告诉值班的小青：她长期患有失眠症，只有倚靠在读书人的旁边才可以小睡一阵；老伴儿不在了，儿女在外地，她在这里找到了家的感觉。这个小男孩应该是个没家的孩子，或者有家归不得，白天在街上流浪，夜晚就到这里来；读的都是童话和神话故事，也许稍稍上过学，读这样浅显的书，还有许多字不认识。

老奶奶眯着眼打盹儿，忽然醒了，小声问："你怎么不翻书了，遇到难字了？"

"是。您看，这个字。"

"是'集'，'集合'的意思。"她从口袋里掏出一支圆珠笔和一小块纸，快疾地写起来。

"上面的'隹'是鸟的意思，一群鸟站在树木上，就是'集'。不过繁体的'集'上面是三个'隹'下面是'木'，就让人更明白了。记住了吗？"

"记住了。"

老奶奶笑了笑，又睡了过去。

丁点点发现今夜来人中，有好几个二十岁出头儿的小伙子，身边搁着很大的旅行包，一定是来这座城市找工作的，和他当年一样。他放下书，站起来走到热水器旁边，打满一壶滚烫的水，去为一个个空杯子添茶。人们对他含笑点头致谢，他摆摆手，表示"别客气"。

丁点点发现，今夜有张老面孔不见了。

是一个年过花甲的老人，身子瘦削，平头，额上皱纹很深，戴一副老花眼镜，穿白衬衫、羊毛衫、黑色的西装，手里提着一个干净的鼓鼓囊囊的蛇皮袋子。老人一进店门，总是先洗手，再用手帕擦干净，然后取一本英文版的哲

学书,坐在藤椅上看得全神贯注。快天亮的时候,他放好书,拿起蛇皮袋子去卫生间。他再次回到店堂时,就换上了一套洗得发白的粗布衣服,还是提着那个蛇皮袋子,里面放着换下的衣物等东西。他向小青点点头,礼貌地挥挥手,就潇洒地走了。

这个老人以前是干什么的,没有谁知道。只知道他现在是个拾荒人,也就是拾破烂的。因为,小青有一次在一条大街边,看见他在垃圾箱边翻弄垃圾。小青怕他难为情,赶快走了。

丁点点听说这件事后,感到很奇怪。这个老人是本地的还是外地的?以前应是个有学养有体面职业的人,怎么沦落到拾荒为生?他几乎夜夜都来,怎么今晚不见踪影了呢?

丁点点朝小青招了招手,小青轻轻地走过来。

"小青,那个穿西装的老人怎么今夜没来?"

"他今夜没来,或许以后会来,或许漂到另外一个城市去了。他在这里的夜晚,应当以为是回到了家。"

丁点点叹了口气,说:"从来处来,到去处去,此心安处便是家。"

丁点点天天都是子夜时走进"西窗烛",天亮时离开。穿西装的老人如行云流水,从此再不见踪影。

那个老奶奶夜夜都来。挨在她旁边看书的小孩子,忽然被他的父亲和继母接回了老家,临走时,他在留言簿上写了一句话:"书是我的家。"

老奶奶的身边,又换了另一个小孩子。

"西窗烛"的灯光,燃短了一个一个的长夜。

丁点点坐在"免费阅读区"的一个角落里,心静如水。

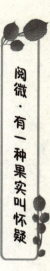

一对夫妻

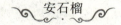
安石榴

有一种人很怪，来历不清，你怎么也搞不清楚。每个人说起这个人来都语焉不详，可人人兴致都老高，就是说不清楚也不想放弃，一定说上几句。

怪呀！说不明白这到底怎么回事，老朱就是这种人。人人对他怀抱热忱，极有兴趣，可是说不上其中缘由。

过去的林业工人，都猫在大山深处，许多人身世复杂，不好说。

有个人"胡子"出身，藏着掖着也有人知道底细，吵架或者怎么了，一时失口，或是故意给他个下马威，就说："我就问你，老翟是谁呀？谁姓翟呀？"

——我父亲讲过这么一件事，说这个叫老翟的人马上熄火，避开了。有个人呢，挖壕沟是把好手，老早当兵时先给国民党挖，被俘之后就给共产党挖，又被俘再给国民党挖，翻来覆去自己都糊涂了，也不知道自己算哪一头的了。这人当了林业工人，一次冬运时住在山上的工棚里，自己没憋住，招了。从此大家时常翻出这事儿来当下酒菜笑话他。有个人出身大公馆，少爷，写日记几种外文轮番上，让人眼花缭乱的，当你面写张卖身契，让你拿着送人你也不知道，但爬树采松子不行，一米多高就摔下来了。也是笑话。

老朱怎么个情况？谁也说不清。他伐木很厉害，一直伐到全国都闻名了，当了"先进生产者"。英雄不问出处，在深山里仍然行得通。可没有老

婆,岁数也不小了,老跑腿子一个,这不行呀。林场主任派自己的老婆回山东给老朱领回来一个老婆,年轻,二十岁左右的样子,白白的,胖胖的,爱笑,爱说,不该笑时她也笑,不该说时她也说。缺心眼呗,傻。

老朱挺能忍的,实在受不了了才揍她一顿,揍得她哇哇哭,跟她生孩子时一个样,整个林场都听见她号叫,谩骂老朱。

男人们仔细听她骂老朱,嘎嘎地笑。

女人们听见了红着脸生气,可也没办法,总不能去堵她嘴呀。

20世纪80年代林区全面停伐,老朱的油锯生锈了,人也废了,中风了。

他一条腿好使,另一条不行,拖着,用不上力。他就干脆不用力了,能走也不走。

他有一架小推车,自己做的,硬木车身,自行车轱辘,从前做了给孩子们上山打柴火用的,现在孩子们都去大城市打工了,不回家。

他让傻老婆拉着他。他像个赶车的,傻老婆就是毛驴。他那架势和赶毛驴车差不多。

傻老婆挺高兴的,每天都乐颠颠地拉着小车四处走,她本来就不爱在家待着。

两口子整天在外闲逛，都成一景了。

傻老婆肩上套着一根粗麻绳，站在小车两个长长的扶手之间，一手抓住一只扶手的细柄。要是上坡，她就伏低身子使劲，脖子抻老长呢。还要使劲的话，她就双手触地，四肢并用。

她穿一身黑色的肥大衣服，人那么大一坨，趴在地上真像个什么动物，哪儿像个女人呢？要是下坡，可坏菜了，就惊了似的。

傻老婆有一颗玩心，她驾着小车往坡下冲，小车跑得越来越快，要超越她似的。她跳起来，两只手紧紧抓住车柄，用身体的重量去压往前冲的小推车，逼迫它减速。有时候要这样连跑带跳数次按压之后，才能控制住小推车。她脚下画出两道发白的痕迹，身后荡起黄色烟尘和一串傻呵呵的笑声。

傻老婆没有准头呀，纯粹冒险。旁人看着都吓出一身冷汗来，啊啊地叫。

老朱坐在小车上看着老婆的一举一动，如果过分了，他就从屁股底下抽出一根一米来长的苕条，啪啪抽在傻老婆的屁股上，大声又混沌不清地叫："刹车！刹车！"

多半也好使。

但有一次不好使了，老朱被甩出了小推车，傻老婆自己钻火车轱辘底下了……

半年之后，老朱和傻老婆又出来了。

不过颠了个个儿，老朱拉车，傻老婆坐车了。

小推车变成四个小轴承做轮子的平板车，走起来哗啦哗啦响。

平板车上拴根麻绳，老朱套肩膀上，他拖拖拉拉地拽着小车。

傻老婆腿没了，大腿都截了。

她乐呵呵的，越是人多的时候越欢实，朝老朱叫："瘸子，嘚儿，驾！驾！"

沉香手串

申·平

画家的手腕上戴了一串用沉香木精制而成的手串,其间还镶嵌了一颗绿宝石,显得非常名贵。

这个手串是画家的朋友送给他的。朋友索画,画家送画。朋友给他润笔他不肯要,朋友就送这个作为回报。后来画家才知道,这个手串的价值远比润笔要高。

画家很珍爱这个手串,白天黑夜,出门入户,总喜欢戴着它。

但是画家和许多艺术家一样,非常喜欢喝酒,也非常容易喝醉。他一喝醉,就喜欢送人东西,送人次数最多的就是他的这个手串。

"你知道吗,这……手串是我最心爱的东西,这是……友谊的象征,我把你当作知己,所以我……一定要把它送给你! 假如……你看得起我,你就接受它!"

每一次,他都会硬着舌头说这番话,死乞白赖非要把手串送出去不可。

对方往往既有点受宠若惊,又有点无可奈何,最后只好先接受下来。随后呢,对方在他酒醒的时候,又会给他送回去。谁敢平白无故占他这么大便宜呢? 他呢,便不好意思地笑一下,接过来重新戴上,好像他只是把这手串借给别人玩了一会儿一样。

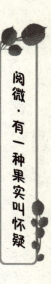

这个游戏就这样反复上演,画家乐此不疲,众人习以为常。

但是有一天,画家故伎重演,第二天却没人把手串送回来。画家先还故作镇静,隔一天仍然不见有人送还,他一下子就慌乱起来了。

于是画家就使劲儿回忆这次他把手串送给了谁。但是因为他当时醉得太厉害了,他竟然怎么也想不起来。没有办法,他只好舍下脸皮,打电话去问那天请客的刘晓。刘晓告诉他:"你这回把手串送给局长夫人了。"

画家立刻大惊失色,直觉告诉他,这次他的手串很可能是"肉包子打狗"了。

他想起来了,那天刘晓本来是要宴请局长的。但是局长说现在有八项规定,不方便出席,实在推不过,就派自己的夫人代表他出席。而画家呢,则是刘晓请去陪客的。谁知画家见了仪态万方的局长夫人,竟然格外兴奋,三下两下就喝多了,喝多了就又摘下了他的手串相送,局长夫人也没怎么推托,就收起来了。

哎呀呀,怎么就这么糊涂,这么没有记性呢!画家真想抽自己的嘴巴。

画家六神无主地在画室里转着。不行,无论如何也要把手串要回来。他只好再次舍下脸皮,打电话请刘晓替他想办法。

刘晓说:"这有什么办法!不然我给你照原样买一串吧?"

画家说:"那怎么行!我那手串,世上绝对没有第二串。"

刘晓说:"那还有一个办法,你拿一张你最好的画,我去给你换回来吧。"

画家只好忍痛割爱,把自己的一幅代表作拿出来交给刘晓。但是刘晓很快垂头丧气地回来了,他说:"局长夫人不喜欢画。我已经委婉地讲了手串对你的重要性,但是她说,那个手串她已经转送给别人了。"

画家差点儿昏过去。失去手串,他坐卧不安,整天什么也干不下去了。他就不断给刘晓打电话说:"你无论如何也要想办法帮我要回手串,谁让你那天请我去作陪呢!"

刘晓被他逼急了,这天心生一计,告诉他可以如此如此。

于是画家就画了一幅《莲荷图》，装裱好，亲自送到了局长的办公室。他说："我是从来不主动送人画作的，也是轻易不表扬人的。我给局长送这幅画，是因为你清正廉洁，就像这莲荷一样出污泥而不染。"

局长就很感动，因为这是艺术家对他的最高褒奖。他马上把这幅画堂而皇之地挂在办公室最显眼的地方，凡有人来，他都要讲解一番。

为了真正做到清正廉洁，局长这天托手下给画家送来了两万元润笔。但是画家说什么都不要。局长以为他嫌少，又凑到五万，可他还是不肯要。

局长说："你总不能让我顶风犯错吧。这样的话我只能把画还给你了。"

画家就好像下了很大决心似的说："局长啊，前几天我醉酒，丢了一个沉香手串。当时有您夫人在场，如果她能帮我找到，就算局长买我了！"

第二天上午，局长夫人就把手串送了回来。但是她却显得非常委屈："既然你的手串那么宝贵，怎么能轻易送人呢！害得我用一个大钻戒才给你赎回来。"

画家马上带局长夫人去了珠宝店，给她买了她所说的钻戒，另外又送了一副金镯给她。局长夫人这才兴高采烈地走了。

沉香手串失而复得，画家依然把它戴在手腕上。白天黑夜，出门入户，总不离身。但是，他从此戒酒了。

口 罩

申 平

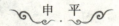

你一出楼门,灰蒙蒙的天空就横在眼前,鼻孔里好像马上就有异物钻了进来。你急忙把手伸进坤包里,掏出了昨晚刚刚买的口罩戴上,这才感觉好多了。

你沿着马路向前走,步伐和姿势与往日没有什么不同,但是你却发现经过你身边的人都用怪异的眼神看着你,甚至还有个小伙子回头对你做了个鬼脸。

怎么了这是?

你低头看了一下自己的穿着,黑裙,灰袜,白色衬衣,两只衣袖挽起来,露出一段洁白的手臂,脚上是一双半高跟圆口皮鞋,这打扮完全符合一个中年女人的身份啊……怎么了这是?

难道因为你戴了口罩?

也不对啊,放眼看去,满街都是戴口罩的人。该死的雾霾,逼得人们不得不全副武装起来。说实话,你还是适应能力比较强的一个。人家都戴口罩好几年了,可你一直都没有戴,你在心里还笑那些戴口罩的人太过矫情。可是今年春天不行了,你第一次感觉到雾霾汹涌,宛如吃人巨兽。每天早晨,当你从家门口走到单位,两公里的距离,鼻孔里就能擦出黑色粉末来。

于是，昨晚你终于去商店里买了个口罩，而且直接戴上就回了家。

回想昨晚戴口罩回家的情景，也没有人像今天这样看你啊！可是现在……大家看你的眼神为什么好像在看一件出土文物，或者是一个耍猴的？

难道是因为你戴的口罩颜色样式太老太土了？

记忆中的口罩，几乎是千篇一律的白色。一块长方形的白纱布，一边一个带子，往耳朵上一挂，完事。可是如今的口罩，颜色五花八门，样式更让人眼花缭乱。你看到对面走来的这人，他的口罩竟然是黑色的，呈倒三角形，上面还印有交叉的骷髅。还有那个人，口罩活像防毒面具……奇怪，为什么没有人注意他们，更没有人笑他们呢。而你，戴的口罩雪白雪白，干干净净，怎么反而可笑了呢！

人的脑子现在都有病了！你想。心里的怒气渐渐升腾起来。

不错，现在好像一切老的东西、传统的东西都受到了挑战。人们一味标新立异，好像在比着出怪招，却把许多好东西都扔进了垃圾筐。比如吧，你是一名建筑设计师，前些年你设计的作品广受欢迎，现在你闭上眼睛，都能数出这座城市哪座楼房商场出自你的手笔。可是这些年不行了，你精心设计出来的东西却往往遭到非难甚至枪毙，罪名就是思维落后，缺乏新意。唉，世界真的变了，变得越来越不可思议了。年龄大了，这些你也都认了，可是你戴个白口罩招谁惹谁了，难道也那么不合时宜吗?!

你们看不惯我，我还看不惯你们呢！老娘非要气气你们不可！你这么想着，便开始昂首挺胸，大步流星地往前走。你还故意把头微微仰起来，下巴朝前伸着，看吧，看吧，让你们看个够，气个饱！

更多的人朝你投来诧异的眼神，但是你统统置之不理，真的是我行我素！

又有个男人走过来了。看穿着像是个有身份的男人。他看了你一眼，脚步犹豫了一下，似乎想停下来跟你说点儿什么。但是你心中气体膨胀，你狠狠地瞪了他一眼，又瞪了一眼。那个男人急忙知趣地避开你的目光，脚不停步地走了过去。

我就是要戴白口罩，我就是要坚持传统的东西，我就是要向你们示威！你在心里呐喊着，继续抬头挺胸地向前走。雄赳赳，气昂昂，谁奈我何？

又有一个穿着入时的姑娘迎面走来，她两眼一直盯着你看，走近了突然开口说道："阿姨，你……"

你正在火头上，不由得跺了一下脚，嘴巴在口罩后面发出吼声："我怎么了？我怎么了?！我戴白口罩害你哪根筋疼了？神经病！"

那个姑娘被你吓了一跳，落荒而逃。周围的人也不敢再抬头看你。

你终于走到了单位楼下，你怒气冲冲地走进楼道，几个年轻同事也眼神怪怪地跟你打招呼，但是你却像一只骄傲的鸵鸟，目不斜视，径直走向自己的办公室。你在心里已经计划好了，今天要设计一套更为传统的楼房图纸。如果院长再说不行，一定要跟他干一架，据理力争！

你走到自己的座位前，一屁股坐下来，长长地出了口气。你慢慢摘下了口罩，随手把它扔在写字台上，这时你突然像遭到雷击一样呆住了。

雪白口罩的反面，有一个鲜艳的唇印——肯定是昨晚回家时印上去的口红。

原来如此！怪不得……你一时觉得好像丢失了很多东西。

香烟·戏票·许员外

苏 北

香 烟

二十年前,我很穷,在公主坟附近一家报社当个小编。

我的同事兼好朋友甲,头脑活络,勾了一干江阴的生意人过来,共同做生意,挣点活钱。

北京码头大,机会多,江阴人有资金,好投资。

于是他们就住在边上一家大酒店,天天吃香的喝辣的。

我也跟在后面跑跑腿,也混在其中,蹭吃蹭喝,过了一段风流日子。

可那些江阴商人,虽有钱,却没文化。

他们镶着金牙,戴着戒指,一副自得的样子。

有一天,一个马姓的矮子,穿着超大的西装(袖子上的商标没拆),给我拿来半条软中华烟,他甩给我说:"这个烟给你抽!有点霉,也不太霉,可以抽的。"

我当时不知如何是好,就将烟接住了。

——说没说"谢谢"我记不起来了。

但事后我气死了:"有点霉,也不太霉?你不能抽了,我就能抽了?你命值钱？我穷,我命就不值钱?"

我不好发作,就忍了。

可我将烟扔在门口的地上,不知他后来看到没有。

戏 票

今年在北京,又遇到一件蹊跷事。四月份,我在北京生活了一个月,活儿干完到月底,还有几天时间,于是我便想能多看一些小剧场的演出和经典话剧,这是我在我的南方小城所不能享受的。

正好那天首都剧场有曹禺的《雷雨》,可我到那儿已没有了票,许多人在那里晃来晃去,希望能等到退票的人。

可是接近七点开场,只有匆匆进场的人,退票的人,连影子也没见着。

可见票是多么紧张。

我无所事事,反正是死马当成活马医,于是便贴在南入口的路边,口里小声地、和尚念经一般:"有票吗有票吗有票吗?"

眼看进场的人已见稀少,我继续口中念道:"有票吗有票吗……"

忽然一个男人轻声对我说:"跟我走!"

态度坚决,仿佛特务接头。

刚开始我还不敢相信,他又看了我一眼,于是我走过去,紧紧跟上。一直到入口处,那男人才从怀里掏出两张票,递给检票员——检票,入场……

哈哈!我从一个局外人,一下子成了剧场大厅里的一个从容的持票者,真神奇!

身份的转变在一瞬间。

可还有更没有想到的惊喜在后面,入场后,我对那位瘦高个儿的男人说:"多少钱?我给你钱。"

可他不说话,继续往前走,一直走到剧场人员将我们领到座位坐下为止。还是第二排的好位置!他还是不说话,于是我继续问:"多少钱?给

你钱。"

这时候他开口了："不要钱。"

不要钱？

我听错了？

"不要钱？"

"不要钱。"

我说："那哪行呢？"

他依然是"不要钱"。

一张票几百块钱呢！

我不再坚持了，可我忽然拘谨了起来，身子从斜躺在椅子上坐直了。

这种身体的语言是自然就出来了。

不知何故，之后我一直就这样直直地坐着，就这样直直地把一场《雷雨》看完了——稀里糊涂看完了，像个听话的孩子。

事后我想，这个怎么说呢？说是别扭？不准确。说是惭愧？也不对。可我就是那么又乖又傻地坐着，总之，像个听话的孩子吧。

这是为什么呢？谁能告诉我？

许员外

朋友若齐，许姓，徽州人氏，实为一俊男。

我们称他许员外，实在是再恰当不过。

他五十开外，工作、家庭都不用发愁，小殷实。

他四十岁后开始写作，内容多与徽州有涉，著有《夕阳山外山》《一钩新月天如水》《烟火徽州》《刀板香》，所记皆为简朴生活，文字淡而雅，多闲适。

原来我们相交甚密，留下许多快乐的时光。

近年大家都忙，散多聚少。而他还相对清闲，或会时感寂寞。

他有时会冷不丁来个短信，有的我看后即笑了，笑后即摇头，脸上肯定挂着快乐。

有一年阳历年底,是个难得的大晴天,他忽然来条短信:"如此光天化日,有何想法啊?"

我看后即笑。

这样一个比喻还真新鲜别致。"光天化日"这样去用,出人意料,却又在情理之中。

还有一回,他约大家小聚,发来:"明天本埠降温,今晚炮院羊肉如何?"

气候、心情都在里头,让人感到温暖。

他有时也会来一些莫名其妙的短信,比如一回发"本埠三十岗有好去处"。秃头秃脑,仿佛是个邀约,也或无意中透出他内心的一点寂寞和小无聊。

有一年秋天,若齐打来电话,约去皖南黟县塔川看秋叶。

他那天来电,我正病着,回他两日后才能定。

之后他却没了消息,我回电问他如何安排,他告知人约不齐,只有改期,于是作罢。

中午我午休起床,见手机中一条短信:"你上午来电时,我正在数私房钱。老婆不在家。不多,打断了,得重数。"

虽数语,却有明人笔记小品的味道。

我看后又笑。

我对家里人说,许员外越来越可爱了。

七　叔

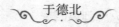

于德北

三爷家的这一支儿人脉，男丁是最多的。我曾祖父也就是我的太爷，有三个儿子，大爷、我爷、三爷。

我大爷离家早，基本上不管家里的事。他有两个儿子，在"振"字辈里排老大和老三。我爷只有我父亲一个儿子，排行老二。余下的就是三爷家的几个叔叔——大叔，实际上应该叫四叔，还有五叔、六叔和七叔。七叔最小，只比我大一岁，是一个淘气的主儿。

记得小的时候，有一次他着急忙慌地往我家跑，一边跑一边呜噜呜噜地叫二嫂。母亲听见他喊，自然会出去，看一看究竟发生了什么事情，他比母亲小二十几岁，在母亲眼里和孩子没有什么区别。

"怎么了？怎么了？"母亲问。

七叔瞪着一双小眼睛，只"呜呜"不答话。

"你到底怎么了？"

母亲蹲下身，在他的脸上左望右望。

"呜呜。"他指自己的嘴巴。

母亲探头看去，不想他长长地吐出舌头来。母亲一声惊叫，整个人跌坐到了地上。原来七叔的嘴里含了一个毛毛虫，他是故意吓唬母亲来了。

见母亲真的给吓着了,他鬼模鬼样开心地跑开了。

他是三奶生的最后一个孩子,所以三奶对他格外宠爱。也正因为他是三奶的最后一个孩子,所以,他的身材又瘦又小,如果蹲在树上,就像一只小猴子。

等稍大一点儿,七叔简直就成了我的崇拜对象,上山挖鼠洞,下柳树趟子捉鸟,抓蛤蟆捞虾,拢火烧黄豆,没有什么他不会的。

生产队让他当猪倌儿,他就每天早晨骑在一头老母猪身上,从村东头喊到村西头,声音像叫叫儿一样尖细刺耳。凡养猪的人家听了他的喊声,便抽开猪圈的木栅栏门,让自己家的猪小跑着汇入黑白相杂的猪群里去。

现在说什么也想不清,那头老母猪是谁家的。

你这一辈子见过骑牛的、骑马的、骑驴的,见过骑猪的吗?

我七叔就是一个。

老话说得好,叫"光阴如梭",一年一年的,我和七叔都一点点长大了,我随父母去了长春,他留在老家务农。据说,在三爷家的几个叔叔里,七叔是最勤快的,手也是最巧的。原来他很爱说笑,可随着年纪的增长,他变得沉默羞涩起来。

大叔结婚后,他和五叔、六叔、三爷、三奶一起过。

五叔结婚后,他和六叔、三爷、三奶一起过。

等到六叔去百里之外当上门女婿了,三爷、三奶也老了,七叔仍和他们一起过,用农村的话讲,他承了家产,是要给二老养老送终的。

十几年前,七婶带着一个小闺女嫁到了这个家,七叔的眉眼间突然多了笑意,他好像又恢复了小时候的淘气性子。时不时地用肩膀驮着七婶的小闺女,不,也应是他的小闺女,前院后院地跑,偶尔嘴里还会发出"哼哼哼"的声响。

那正是老母猪的声响啊!他准是又想起它了。

但凡农村人,都是爱贪小利的,百儿八十块钱的事,有时会弄得亲兄弟

姐妹老死不相往来。我有一个嫂子，就是因为一捆烧柴和亲妯娌当街对骂，情急时竟然撕扯到一处，若不是村干部及时赶来，说不定会闹出人命。

何苦呢？

正是基于这样的认知，前段日子从母亲那里听说了七叔的一件事，让我对他产生了格外的敬佩。

七叔和七婶在一起过了十几年了，三奶和三爷也相继过世，他们想把房子翻盖一下，盖成村里流行的新样式。准备了砖，准备了瓦，准备了木料，准备了钢筋和沙石。择选日子，逢吉开工。农村的惯例是谁家盖房，村邻都要来帮忙。呼呼啦啦十几个人，在七叔家的房基地上往来穿梭。

这一天，需要去镇上破木料，村上一个张姓的小子闹着要开车，那是午后，他刚刚喝了点儿酒，七叔的意思是让他押车，可他横竖坐进驾驶室，一路欢叫着把车开走了。

谁会料到，车至桥上，为了躲避对面来车，打舵打大了，小车一下子撞到桥栏杆。车无大碍，可车上的人飞到桥下去了，虽性命无碍，一只小臂生生地被截下去了。

七叔领人看伤出钱，两个多月折腾下来，为盖房子攒的那些积蓄倾囊而尽。

这是多么令人懊丧的事。

村里有人对七叔说，车是张姓小子开的，他有责任，应该拿些钱出来。

也有人说，张姓小子没有驾照，酒后驾车是犯罪。

…………

说话的人很多，只有七叔不语。

有人问他："你到底咋想的？"

七叔抬头看看天，说："我要是那么做了，就更睡不着觉了。"

问话的人看他，本来就瘦的人，显得更瘦了。

分手预言

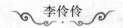
李伶伶

吴正媳妇雪平很漂亮,朋友都说他俩过不长。吴正不信,对雪平格外好。雪平觉得很幸福,吴正也很幸福。

这天雪平出差回来,带回一条新丝巾。丝巾的包装很精美,看上去很高档。

吴正说,这个丝巾多少钱?

雪平说,原价两千多,赶上店庆打折促销,才花五百多块钱。

吴正不信,越是名贵的东西越不会打折,打折也不会打这么多。

吴正说,单位给买的?

雪平说,什么呀,我自己买的,单位才不会留给我们买这个。

雪平这么说,吴正更不信。因为雪平过日子很仔细,从来不舍得给自己买太贵的东西,况且她有好几条丝巾,买也不会买这么贵的。所以他觉得这条丝巾肯定是别人送她的。跟她一起出差的还有两个人,都是男的,肯定是其中一个给她买的。

雪平说,你不信?

吴正没吱声。

雪平说,我就知道你不信我,买时开了发票,要是别人送的,会把发票也

给我吗？

说着找到发票给吴正看。

吴正看了发票，并没有打消疑虑。雪平知道他多疑，所以接受丝巾的同时把发票一起要过来也完全可能。

吴正说，你怎么会舍得花这么多钱买丝巾？

雪平说，其实我也犹豫了好半天，要不是阿丽戴条名贵丝巾嘲笑我，我才舍不得买呢！这是赶上打折了，要是不打折，我还不会买。

阿丽老公有钱，所以阿丽穿的戴的都是名牌。可是雪平怎么会跟她比？要比早比了！所以吴正还是不信。

雪平说，你是不是心疼钱了？

吴正说，没有。

吴正没说真话，但他更多的是怀疑。接下来的日子，他有意观察雪平的一言一行，一举一动，发现她跟往常没多大变化。他的心这才渐渐放下，可能真是自己多心了。

吴正下班比雪平晚。这天晚上，吴正到家后雪平还没回来。

吴正给雪平打电话，问她怎么还没回来。

雪平说，单位开会超时了，马上就回去了。

吴正说，要我去接你吗？

雪平说，不用，一会儿搭同事的车回去。

二十分钟后，吴正在他家二楼厨房的窗户看到雪平从一辆轿车上下来，开车的是鲁齐，雪平单位的。

雪平回来时，吴正刚把饭做好，菜还没炒。

雪平说，我炒吧。

然后洗了手，系上围裙，来厨房炒菜。

吴正说，我刚才看到鲁齐送你回来的。

雪平说，是，我本来想打车的，他说这个时候不好打，就送了我一趟。

吴正说，就送你自己？没有别人？

雪平有点儿生气，说，吴正你什么意思？

吴正说，我没什么意思，就是想知道他为什么单单送你回来。

雪平说，他就只跟我顺路，跟别人不顺路。

吴正说，不是顺路的问题吧？他为送你，多走了很多路呢。

雪平说，你在怀疑什么？

吴正说，那条丝巾是不是他送给你的？

雪平真生气了，说，吴正你太过分了！

说完摘下围裙，菜也不炒了，饭也不吃了，回卧室去了。

吴正也生气，没有事你干吗生那么大气？

第二天雪平上班时，戴上了那条名贵丝巾。本来她还舍不得戴，被吴正

这么一闹，反而戴上了。

吴正看到后更生气。

如果雪平只是戴个一天两天的跟他赌气,他也不会多想。可是她一戴上就不摘下来了,他不得不想他之前的怀疑也许是对的。

听说鲁齐的媳妇很厉害,把鲁齐看得很严。在这样的情况下,鲁齐还敢送雪平回家,说明两个人真有私情。吴正越想越生气,想方设法找到了鲁齐媳妇的手机号,给她发了个短信:看好你老公。

吴正的本意是让鲁齐媳妇看住鲁齐,别跟雪平来往。

没想到鲁齐媳妇接到短信后,马上去了鲁齐单位,径直找到雪平,骂了她一顿。

她之所以骂雪平,是因为鲁齐怕媳妇误会,把送雪平回家的事跟媳妇说了。没想到几天后,他媳妇会收到那样一条短信。

雪平很难堪,回家后问吴正,那条短信是不是你发的?

吴正没吱声。

雪平说,咱俩过不下去了!

吴正说,你跟鲁齐,到底有没有事?

雪平说,现在问这些还有意义吗?

听说吴正离婚,朋友并不觉得意外,说雪平能跟他过五年,也算可以了。

吴正也觉得,他跟雪平的结局,似乎只能这样。

这么想着,心里反而不那么难过了。

警　服

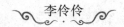

李伶伶

　　李剑从上班那天起，就没好好穿过警服，因为他不认为自己是警察。

　　李剑以优异的成绩毕业于省公安大学，拥有过硬的身体素质和破案能力，以为毕业后会到公安局的刑侦大队工作，没想到被分配到一个街道派出所当片警，整天处理一些鸡毛蒜皮的琐事，他很郁闷。

　　所长老陈知道他有情绪，找他谈了几次都没有效果，就睁一只眼闭一只眼地随他去了。

　　这天所里接到一个报警电话，小区一户居民家里遭盗窃，上锁抽屉里的银行卡、金项链和两千元现金被偷走。失主是位年近七旬的老太太，一边说一边哭，因为卡里的三万六千元钱是她的全部积蓄。

　　接到报警后，老陈叫上李剑一起赶到案发现场。

　　老人住在二楼，门窗都完好无损，抽屉上的锁也没有坏，屋里也没有被翻得七零八落，一切都井然有序，也没留下指纹。要不是家里的猫碰掉了老太太放在桌上的烟灰缸，烟灰上留下一个陌生的脚印，老太太还不知道家里进了贼。屋里没有监控录像，楼门口也没有，小区门口也没有，只有一个不完整的脚印和丢失的东西证明小偷来过。

　　老陈勘察完现场，看了李剑一眼说，你觉得小偷是个怎样的人？

李剑说，从现场情况和脚印看，应该是个男性惯偷，他不但盗窃技术娴熟，还会开锁。

老陈说，惯偷作案前会先踩好点，然后再行动。老太太只是个普通的退休工人，他为什么会对她下手呢？

李剑说，我刚才跟老太太聊天，了解到老太太的侄女最近在她家住了一个星期，侄女是做生意的，有钱，开的车是宝马。可能小偷踩点时误以为她是老太太的女儿，所以趁晚饭后老太太出去遛弯时作了案。

老陈说，你的分析很有逻辑性，不过我得出的结论跟你正好相反，我觉得这是熟人作的案。

李剑说，怎么会是熟人呢？

老陈说，现场纹丝不乱，像是没被翻过，说明案犯知道东西放在哪儿；门窗没有破损，说明案犯有这家的钥匙。而他能在老人外出遛弯这半小时的工夫把东西偷走，说明他对老人的生活作息很熟悉。这个人的身高不足一米七，体重不超过一百三十斤，年纪三十八岁左右。

李剑说，你怎么知道？

老陈说，脚印告诉我的。

李剑不太相信。

老陈问老太太，亲朋好友或是认识的人里有没有符合这些条件的人？

老太太想了想说，有，老头儿的外甥跟你说的情况差不多，不过他在南方工作，条件挺好的，不可能回来偷我这点儿钱啊。

老陈皱了下眉说，别人就没有相似的？比如邻居什么的？

老太太被点醒了似的说，我家对门的情况跟你说的挺像，可是他都好几天没回家了。

老陈说，他干啥去了？

老太太说，不知道，自从他媳妇半年前跟他离婚后，就没怎么见过他。

老陈说，以前经常见？

老太太说，是，见着还会聊几句。

老陈去敲对门的门，半天没人应。

老陈问了老人对门的相貌特征，然后找来纸笔画了张画像。

老太太说，太像了，跟对门一个样。

老陈让李剑在这蹲坑守候，见人就抓。

李剑觉得可笑，还不知道是不是人家作的案就抓人家，不是等着人家告你吗？

李剑说，应该先去银行，小偷肯定先去银行取卡里的钱。

老陈态度严肃地说，你真是警匪片看多了！

李剑没敢再吱声。他在楼门口蹲了一宿和一个白天，也没见到画像上的人。

刚想给老陈打电话说不蹲了，就看见小区门口进来一个男人，身高体重

和年纪都跟老陈说的差不多,相貌也跟老陈画像上的人很像。

李剑在他走过来后抓住他的手腕说,别动!

男人意识到了什么,挣开手腕转身就跑。

李剑很快追上他,却被他扎了一刀。

李剑手捂伤口的工夫,男人就跑了。

幸好来替换他的同事及时赶到,才没让男人逃掉。

经审讯,男人正是偷窃老太太钱财的人。他打麻将输了,回来看到老太太家门上挂着一串钥匙。他敲敲门,想提醒老太太把钥匙拔下来,却没有回音。鬼使神差地,他打开门进了屋,看见有个上锁的抽屉,就打开抽屉,拿了东西。至于没有留下指纹,是因为他戴着手套。天冷,他出门习惯戴手套。

李剑对所长老陈佩服得五体投地,问他,有这么高超的本领,为什么甘于待在这么个小地方?

老陈说,保卫国家和守护人民的生命财产安全是警察的责任,跟身在哪里没有任何关系!

这时,丢失钱财的老太太提着花篮和营养品来医院感谢李剑。李剑很惭愧。

出院上班后,李剑第一次把警服穿得一丝不苟。见到所长老陈,给他敬了个标准的军礼。老陈满意地笑了。

天干无露水

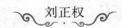
刘正权

梁桃紧赶慢赶地扒完碗里的饭,日头已经下了山。院门哐当一响,公公顺柱的咳嗽声先传了进来。

公公的支气管没毛病,咳嗽只是一种提示,怕媳妇尴尬。有一回,公公进来时,梁桃正在奶孩子,敞了半边胸脯,公公脸涨红了半天。再来媳妇家,公公就学会了在门外咳嗽几声。

梁桃男人东志在外打工。黑王寨里长舌妇多,不注意点儿可不行。

公公没坏心眼,这点儿不光梁桃知道,寨里人也全知道。但梁桃却不大搭理公公,公公的一些老观念让梁桃心里很反感。

梁桃就探头往外瞅,一瞅,脸就拉得老长。公公手里正拿着梁桃那条蕾丝花边的内裤,不吭不哈地递过来。梁桃不接,声音没半点儿水分,我的衣服我自己会收的!

我……我怕你忘了呢。公公的脚在地上搓来搓去,不敢看梁桃。

忘了也没人偷的,一条内裤而已!梁桃故意把"内裤"二字咬得很重。在乡下有规矩,男女老少没人从女人内裤下钻,晦气呢,更别说偷了。

可……可……夜里有露水。公公吭哧半天才挤出这么一句。

梁桃就在心里冷笑,哼,就知道你那点儿心思。黑王寨人迷信,说女人

内裤要沾了露水,会跟别的男人做露水夫妻,露水神是邪神呢。

梁桃故意仰了头看天,说,天干,哪来的露水啊?

这话是拐了弯骂公公呢,顺柱老汉心里清楚,乡下的老话了,天干无露水,人老无德行!梁桃是骂公公替自己收内裤没德行呢。

顺柱老汉猴了腰,不敢看梁桃的脸,也不敢回嘴,要真叮叮唠唠几句,传出去没脸见人呢。

顺柱婆娘死了几十年了,顺柱都没坏过名声,要在媳妇口里坏了,还不如一头去撞死。顺柱就跌跌撞撞回了自己的偏厦屋。

风中传来梁桃使劲甩门的声音,顺柱老汉苦笑了下,媳妇这脾气,像老伴儿年轻时呢!

顺柱老汉近来常常捡起时光的碎片来回味,一想到老伴儿,人就温暖而年轻起来。顺柱就知道自己的血也曾热过,心率也曾不齐地跳过。眼下,顺柱老汉的心已是一眼枯井了。

只怕是离天远离地近了呢,要不,咋动不动就想起死鬼老伴儿呢?树有根人无根呢,该打个电话让儿子回来了,媳妇一人在家带孩子,还要侍弄地,难哪!顺柱老汉长吁短叹着进了梦乡。

天干,风大,果然没半点儿露水,顺柱老汉天没亮就上了路。寨子在山上,到乡里打电话得赶早,不然到集上人家邮局的人下班了,咋打电话呢?

排队打完了电话,天就晌午了。顺柱老汉想了想,在集上逛了半天,才买了一条跟媳妇梁桃那条颜色样式差不多的蕾丝花边内裤。顺柱老汉从梁桃眼里看出来,昨天经他手碰过的那条内裤她是再也不会穿了,媳妇是嫌老汉的手不干净呢。

顺柱老汉看了看自己的手,也是的,黑、粗,还硬糙糙的!顺柱老汉把那条新内裤连包装袋一起塞进背篓,慢悠悠往家里晃。

他不想在太阳落山前回家,怕看见梁桃内裤忘了收,自己又忍不住伸出手,忍一忍,没准媳妇忙完了自己会想起来的!真想不起来也不怕,梁桃昨

天说的没错,天干,哪来的露水啊!

梁桃一个人在家,是真忙呢,割晚稻,不忙才怪!

顺柱老汉是在暮色刚起来时回的家,梁桃的门上挂着一把锁,门外的竹竿上,梁桃的内裤果然没收,孩子还放在隔壁四姑婆家。四婆的孙女正在梁桃门前急得转圈呢。见到顺柱老汉,小丫头急喘喘地说,爷爷,您快去叫梁桃姨收工吧,小宝饿了要吃奶呢,都没劲哭了!

顺柱老汉顾不得收梁桃的内裤了,放下背篓就往后山冲里跑——梁桃的晚稻田在后山冲里呢。梁桃赶起活儿来贪,恨不得一天把活儿做完,可乡下的活儿,做得完吗?

老远地,顺柱老汉看见梁桃的田边垛了一小堆稻子,田里却没半个人影。

近了,再近了,顺柱看见稻子垛下躺着一个人。是梁桃,这孩子,累成这

样还不回家！顺柱老汉心里疼得不行，就凑拢来喊，梁桃，咱回家吧，小宝要吃奶呢！

梁桃没回答。老汉又叫，梁桃，回家呢，小宝吃奶呢！梁桃还是连眼皮也没动一下。

顺柱老汉就拿手去摇梁桃，一摇不打紧，从梁桃大腿下哧溜钻出一条七寸蛇来，这蛇，剧毒！顺柱老汉脸一白，糟糕，梁桃莫不是叫七寸蛇给咬了？打死了蛇，手忙脚乱的顺柱把梁桃翻了个身，果然，梁桃大腿上有一丝血迹透过衣服渗出来。

顺柱老汉脑子一空，得吸毒，不然梁桃的命保不住呢！喊人是来不及了，顺柱老汉一咬牙，哧一声撕开梁桃的裤子，两个蛇牙咬过的小口已经泛青了。顺柱老汉毫不迟疑扑了上去，用嘴拼命吮吸起来。

梁桃悠悠醒过来时，凉月已满天了。梁桃只觉得大腿钻心地疼，梁桃在明晃晃的月光下看见公公顺柱正趴在自己大腿上一动也不动。

梁桃心里一惊，当真人老了，公公咋这么没德行呢？刚要骂出声，不远处的那条死蛇让她想起什么来，一看大腿上的血，已变成殷红一片了。

梁桃明白过来，明白过来的梁桃一把抱住公公，公公的身体已经变凉了，不过公公从头到脚湿漉漉的。

咋回事啊，明明是天干没露水的啊！梁桃失声哭了起来。

贼知道防贼

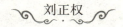

刘正权

龙吴东退休后第一件事,是把警服收起来,全部锁进衣柜里。

刘米秀说有那必要吗,玩坚壁清野似的。

龙吴东眼一瞪,怎么没必要,你不是说家里客人都被这身衣服吓跑了吗?

刘米秀说吓跑客人的不单这身衣服,还有你这贼一般的眼神儿。

我眼神儿贼?龙吴东不服气,那叫一身正气!

岂止一身正气,我洗那些警服时都洗出两袖清风了!刘米秀嘴巴高高噘起,说你贼是抬举你,只有贼才知道怎么防贼的!这话有出处,一个外地流窜人员到龙吴东辖区踩点儿,还没下手,就被龙吴东抓了。

局长问龙吴东,你怎么晓得他是贼的?

龙吴东说,他眼神儿贼啊。

局长看着龙吴东,照这么推理,你眼神儿更贼,只打个照面就晓得人家吃哪碗饭。

政委在一边补充,应了那句老话,贼知道怎么防贼。

贼知道防贼这典故就是这么传开的。

龙吴东不好意思搓搓手,难为你了,跟我一同防这么多年贼,连个说知

心话的人都没有。

女人之间能有什么知心话,嚼舌头而已。张家长李家短的,家里有个警察,还是所长,谁家婆娘还敢上门说是非,闹不好,就成了犯罪嫌疑人。

眼下,龙吴东不在其位自然不谋其政,逐渐有了客人来串门。

这点跟别人下台后恰好相反,别的干部是门庭冷落车马稀,龙吴东家,反倒车如流水马如龙。那些婆娘来来去去的,坐流水席一样,都是问龙吴东抓坏人那些事。

小镇坏人不多,扳着指头可以数得清,龙吴东当所长这么多年,能提得上台面的壮举也寥寥无几。

最值得小镇人口口相传的,是抓疤棍儿那次,疤棍儿的好勇斗狠人所共知,他亮出了随身携带的弹簧刀,龙吴东亮出的不是手铐,也不是警棍,更不是手枪,他亮出了自己的胸脯。

疤棍儿眼里明显闪过一丝怯意,脸上却凶相毕露,信不信我一刀给你戳出个大窟窿。

信!龙吴东眼光逼视着疤棍儿。

信你挡老子的财路?

财路?龙吴东冷笑,财路有时也是死路,人为财死你不会没听说过。

疤棍儿手抖了一下,就一下,足够了,龙吴东迅速抢上前,一招空手夺白刃,疤棍儿的弹簧刀掉在自己脚尖上,搬石头砸脚,打那以后,疤棍儿走路就有点儿踩短。

脚踩短不要紧,路走正就行。

路走得正没正,没人知晓,从所里拘留出来,疤棍儿去了省城讨生活,很少在镇里露面。

人在省城,名气还留在镇里,吃江湖饭的,哪个不是雁过留名。

龙吴东是在退休第十天在街头碰见疤棍儿的,龙吴东说,回来了?

疤棍儿脚颠了一下,不欢迎?

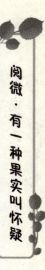

龙吴东笑，叶落归根，怎么不欢迎。

欢迎就请家里坐啊？疤棍儿这话带着挑衅，咱们之间还有一笔账没了呢。

当了一辈子警察，龙吴东可不想落个有账没了的名声。再次亮出胸脯，龙吴东头前带路，疤棍儿一瘸一瘸地跟在后面。

看热闹的人跟了不少在身后，疤棍儿横扫了大家一眼，咋的，想跟我添一笔新账？一句话令所有人止了步。

两人的账是怎么了的，没人知道。

小镇人只知道，疤棍儿家里重新开了烟火。第一天，有不三不四的人上门，然后灰溜溜贴着墙根走了。第二天，有贼眉鼠眼的人在门口张望，跟着悄无声息绕道而行。

第三天，人是晚上来的，月黑风高夜，很应景，偏偏三长两短的暗号刚刚响起，疤棍儿的屋门大开，满院子灯光泻了出来，亮如白昼，杀人放火显然不适宜，屋外人仓皇而逃。

这就算金盆洗手了。还洗得那么彻底。

小镇的一帮长舌婆娘再一次聚在龙吴东家，希望得到答案。

龙吴东的嘴巴，能掏得出答案才怪。

倒是刘米秀在六月六龙晒衣这天发现，龙吴东的警服少了一套。

有那细心的婆娘就想起来，每次她从门缝看进去，都能看见疤棍儿家的院子里挂着一套警服。

疤棍儿逼走你一套警服才算跟你了完账？刘米秀不服气地问龙吴东，虎落平阳被犬欺呢，你这是。

什么叫虎落平阳，咱这是虎死不倒威！龙吴东得意地一笑，疤棍儿不是改邪归正了吗？他借我警服震慑那些狐朋狗友呢。

这个疤棍儿，省城混了几年，居然水深不见底了！刘米秀感慨。

啥水深不见底，不就是贼知道怎么防贼吗？龙吴东胸脯再次一挺。

青藏线上的偶遇

韦 名

常年在外奔走，我最喜欢的交通工具是火车。不仅坐着舒服，而且看着车窗外飞驰而过或缓缓后退的风景，感觉是一种享受。

完成了在西宁的工作，我辞别众人，一个人登上了西宁开往拉萨的火车。车上人不多，正是欣赏沿途风景的好时机。车缓缓驶出西宁站，车窗外湛蓝湛蓝的天空像水洗了一般，让人陶醉，也让人把心洗得一尘不染。

"老板，到哪个站下车啊？"

"拉萨。"我这才注意到，坐在我对面铺位的是一位穿着皮衣的中年男子，说着我熟悉的乡音。

"从青藏线进藏，风景在路上。"黑黑瘦瘦的皮衣男子长着一对小眼睛，眨巴眨巴的，会说话。

一个隔间六个铺位，就我和皮衣男子两人。皮衣男子绘声绘色地介绍沿途的风景：八月的青海湖，热烈的阳光下，盛开的金黄油菜花和深蓝的湖水交相辉映，宛如油画；雄峻的玉珠峰，远眺如玉龙腾飞；可怕的唐古拉山离天近，伸手把天抓；无人烟的可可西里，藏羚羊在自由自在地奔跑……

"那是一条神奇的天路，带我们走进人间天堂……"说到兴奋处，皮衣男子站起来，挥舞着粗壮的右手，用十分粗粝的声音激情歌唱。

"喝水吧。"列车已离开西宁,海拔越来越高,车窗外,植被越来越少,人烟越来越稀,我担心男子高声歌唱,身体受不了。

"谢谢!"皮衣男子仿佛看穿了我的用意,"我经常跑青藏线,没事!"

皮衣男子虽是嘴上这么说,却坐下来喝水。"您到西藏公干?"皮衣男子坐下,嘴却停不住。

"随便走走。"我把目光从窗外收回,看着皮衣男子,应了一句,心想他怎么看出来我是去西藏公干呢?

"走走。"皮衣男子显然看出我在敷衍他,"我在北上广深和西藏都有生意,也是常年到处走。"

"生意不小啊!"我点了点头,算是对他的肯定。

列车穿过金银滩草原。车窗外,蓝天白云,牛羊成群,成片的白花和成片的黄花竞相盛开。

"在那遥远的地方,有位好姑娘,人们走过了她的帐房,都要回头留恋地张望。她那粉红的小脸,好像红太阳……"皮衣男子又站起来唱。

这回我陶醉于窗外美景,没有打断皮衣男子歌唱。

"写这首歌的王洛宾在金银滩放过电影。"歌毕,皮衣男子舔了舔干燥的嘴唇,跟我介绍,"他在这里有一段情。"

皮衣男子是个商人吗? 我心里在嘀咕。

列车过了海拔近三千七百米的关角山隧道,荒芜的戈壁来了。

"要说做生意,时势判断是一方面,拥有关系最重要。"皮衣男子只休息了一小会儿,又开始说话了,"关系是生产力啊!"

皮衣男子说,他的生意之所以能做这么大,全靠有铁关系:"不要说镇里、县里、市里,连省里和京城,我关系都好着呢!"

皮衣男子说,他们那个地方人杰地灵,要什么关系有什么关系:"我们那里还有好几个在北京当官呢!"

我微微笑着。

"告诉你,他们中官最大的那个是我铁兄弟,跟我从小一起光屁股长大。"皮衣男子自豪地说。

我还是笑笑没接话。

"这些年,我这兄弟老家有什么事要办,全是我张罗。我呢,生意上碰到什么困难,第一个找他,而且准能办成。"皮衣男子看我对这些不感兴趣,换了话题,"听你口音来自北京?"

我想摇头,却是点了点头。少小离家,进京三十几年,北京水喝多了,竟有了京腔。我其实想告诉他,我和他有一样的口音。

"你在北京要遇见什么难事,吱一声,我兄弟热心着呢,能量也大着呢。"皮衣男子一脸豪气。

我笑着"嗯嗯"两声,算是领皮衣男子的好意。

列车继续前行,披着金色落日余晖,一望无际的茫茫戈壁消失后,车窗外依稀看到了连绵不断的茫茫昆仑雪山。

"你知道我兄弟为什么这么帮我?我们从小光屁股长大,这些年见一回醉一回,一年在一起醉个十回八回,这就是交情。"

我看见了皮衣男子一脸的狡黠。

天完全暗了下来,车窗外,黑乎乎一片。兴奋地讲了大半个下午的皮衣男子,兴许累了,躺在铺位上,沉沉入睡,呼噜声一起一伏。

没有了风景,我略感惆怅,也收拾休息。

半夜醒来,口干舌燥,脑门儿阵阵发痛。我悄悄坐起来喝水。

"没事儿吧?"看我蹙着眉在喝水,皮衣男子也坐起来,从包里掏出一瓶药片递给我,"进藏的列车到了唐古拉,多数人都会出现头痛症状,吃点儿药吧!"

"没事,谢谢!"我摆了摆手,"喝点儿水,睡着就好。"

"别紧张,多休息,少说话,动作慢。"皮衣男子提醒。

我感激地朝皮衣男子点了点头。

迷迷糊糊睡了一觉,天已大亮,醒来人晕乎乎的。

看我精神状态不好,昨天停不下嘴的皮衣男子这回和我一样,一直安安静静地坐着。

世界海拔最高的隧道——羊八井隧道一过,窗外的峡谷渐渐开阔,刷着白粉的石头房上,五色经幡随风摇曳。

"你进藏多久?"渐渐适应后,看着和我一样安静的皮衣男子,我有点儿过意不去,主动问他。

"说不定呢。"皮衣男子看来着实憋了很久,见我说话,很高兴。

"老家哪里的?"皮衣男子熟悉的乡音让我倍感亲切,我又问。

"漳州,出水仙的地方。到过吗?"皮衣男子问我。

"到过。漳州哪里?"果然和我是一个地方的,我继续问。

"云霄。我那里靠海,不出水仙。"皮衣男子似乎有点儿不好意思。

"你北京的兄弟叫什么?"居然还跟我一个县的,我追问。

"陈大庆,官大着呢,人也好着呢!"一说皮衣男子在北京的兄弟,他一下来了精神。

"陈大庆?"我怔了一下,把皮衣男子仔仔细细打量了一遍。

"是陈大庆!"皮衣男子见我疑惑,赶紧掏出手机,打开通讯录给我看——

陈大庆,139×××××××××。

"这是他电话!"皮衣男子说。

看着熟悉的名字和熟悉的旧电话号码，我没吭声。

"不信？我现在就打给他！"皮衣男子见我不吭声，拿起电话，准备打。

"不用打，我信。"我轻轻应了一句。

皮衣男子笑了，狡黠地笑了。

列车过了堆龙德庆，宽阔的拉萨河谷在面前铺展开来，红白黄黑的雄伟布达拉宫在阳光下向我们招手。

"到北京，有难事，找兄弟！"下车时，皮衣男子豪迈地说。

"谢谢！"我礼貌地应着。

迎着灿烂的阳光，望着幽蓝的天空，在众人的拥簇下，我想告诉皮衣男子，我就是陈大庆啊！

皮衣男子已和几个穿着铁路工服的人有说有笑地消失在站台远处。

修车老汉

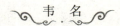

韦 名

桥下的修车老汉死了。听说死得很惨,在桥上被汽车撞得血肉模糊。

一个卑微生命的离去,就像天空中的流星一闪即逝,再平常不过。只是又一次骑车过桥,轮胎破了,烈日下推车,在桥下找不到修车的,才记起曾经有这么一个人。

在这个城市里骑车上下班,常常会遭遇一些尴尬:早上准备骑车出门,发现车子丢了;担心上班迟到,心急火燎地猛踩脚踏板,轮胎遭遇不测,扎上了铁钉子,瘪了。

那天,我本来起床就晚,正匆匆赶路,骑行到桥上时,忽感脚下变重。下车一看,轮胎泄气了。

我有些沮丧,推着车子过桥。桥下不远处就是老汉的路边修车档:一个黑乎乎的塑料盆盛着半盆黑乎乎的水;一个皱巴巴的蛇皮袋铺在地上,上面摆着剪刀、铁锤、钳子等工具;一个锈迹斑斑的铁皮月饼盒装着气芯、螺钉、垫片等细小物件;一个还算精神的打气筒直立在一边……这就是老汉修车档的全部。

一头白发的老汉正在给我前面一位女士补胎。不用说,又是一位中了招的主。

"赶紧帮补一下！"屋漏偏逢连阴雨，心想迟到了挨领导批是肯定的，前面那位推车一走，我就催促老汉。

"嗯！"老汉接过车，一双粗糙油污的手麻利地动起来。很快，老汉从前后轮胎各取出一枚几乎一模一样的钉子。

"路上长钉了！"看到这两枚钉子扎破了我的车胎，害我上班迟到，我气不打一处，拿话损老汉——报上常讲，有些人晚上在马路上撒钉子，白天在前面守株待兔修车补胎。

我怀疑老汉，边说边观察老汉的反应。

"嗯！"老汉听出我的话外音，抬了下头，应了一个不置可否的单音字后，低头继续干活儿。

老汉抬头瞬间，脸上风干了的皱纹格外显眼。

"现在的人，人心不古，见利忘义！"我心存怀疑，却又苦于没证据，还得求助于他，心里愤愤不平，继续用言语发泄愤怒，"卖棺材的恨不得亲自去杀人，开药店的巴不得全城投毒……"

"嗯！"老汉这回头没抬，手也没停，又是不置可否地应了个单音字。

心虚了吧？话都不敢接！就像抓了小偷现行，我一脸正义。

"好了，两块！"老汉停下手中的活儿，站了起来，拍了拍微微驼着的背，言简意赅。

苍白的头发，风干的皱纹，微驼的腰背，老汉站起来的那一瞬，我突然有心悸的感觉——这个老汉，特别像我乡下的父亲，苍老、能干又有些狡黠。

但愿钉子不是你撒的，但愿善良在你那还有一丝尚存。看着

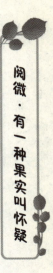

这像父亲一样的老汉，我把到嘴边更恶毒的话咽了回去。

这是我第一次跟老汉打交道。

没多久，我再次中招光顾老汉的修车档。依旧是麻利的动作，依旧是"嗯"到底的言简意赅。

老汉修好车站起身捶捶腰。而我再次面对老汉苍白的头发，风干的皱纹，微驼的腰背，我不再有心悸的感觉，我更多相信我的判断，他就是撒钉子的人——我看到他的铁盒里有好多一模一样的钉子！

老汉在马路上撒钉子终于还是被我抓了现行。

那天要陪领导坐早班机出差，天刚蒙蒙亮，我就骑车出门去单位。

清晨一切都还睡意朦胧，路上车少人稀。上桥时，远远见到一个黑影和我相向而行。黑影在桥上走走停停，时而弯腰，时而直行，怎么看都不像正常赶路的。

一开始，我没怎么在意，或许是黑影落下什么东西，在桥上寻找。靠近了，从微驼的后背和苍白的头发，我认出黑影是修车老汉。

难道是趁着车少人稀，在马路上撒钉子？

"干吗？"修车老汉正好弯下腰，我大吼一声。

兴许太专注于撒钉子了，老汉没注意到我已逼近，被吓住了。老汉直直站着没动，左手拿着两个估计来不及撒下去的钉子，右手有一团黑乎乎的东西。

"嗯！"老汉发现是我，顿时轻松了下来，"吓死了！"

苍白的头发，风干的皱纹，微驼的腰背，在晨曦中分外耀眼，我却没了心悸和怜悯，心里只有厌恶和憎恨！

"你怎么能这样？"粗话我骂不出口，但声音绝对够大。

"嗯！啊？"老汉还是言简意赅，只比刚才多了一个语气词。

赶路要紧，而且，面对像乡下父亲一样的老汉，怎么说他好呢？

出差回来好长一段时间，我的车子好久没中招了。也许老汉的丑事被

我撞破，良心发现，不再撒钉子了，他的生意也似乎冷清起来，常常见他微驼着背站着朝桥上张望。

我每次都是呼啸而过，不停一分一秒。

有很长一段时间没见到老汉了，桥下的修车摊也不见了。直到有一天，我在晚报上看到一则报道：修车老汉数年如一日，用磁铁吸走撒在桥面用来扎自行车轮胎的钉子，不幸遭遇车祸……

怀揣着那份报纸和深深的歉意，我骑车出门，来到昔日的修车档前，我仿佛又看到了他那苍白的头发、风干的皱纹和微驼的腰背。

我仿佛又看到了乡下的父亲。

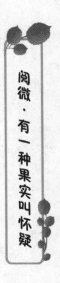

点　睛

龚房芳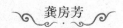

　　李师傅有一手扎风筝的绝活儿，经常参加各种风筝比赛，没少为单位争光。每年单位的总结报告里关于职工业余文化生活及单位荣誉这两项总爱拿李师傅和他的风筝说事儿。

　　李师傅退休多年，整日除了搞些创造性的风筝制作，就是参加各类活动，倒也优哉游哉。可是儿子进单位几年了，始终得不到重用。怀才不遇的小李每天回家唉声叹气，李师傅就有心帮儿子一把。

　　李师傅花了三个月时间，做出了一个八十米长的龙头蜈蚣风筝，这是准备参加大赛的。风筝做好要试飞，试飞前要给龙头的眼睛点上朱砂，俗称"点睛"。李师傅决定邀请儿子单位的王局长来给自己的新作点睛。听说王局长就好热闹，也许因此儿子就能得到局长的青睐。

　　试飞在湖边的一片开阔地进行。李师傅是名人，加上他准备参加的大赛名气也大，所以这次试飞也惊动了各路媒体，一早那些持"长枪短炮"的记者就在湖边守候了。王局长也一改往日做派，准时来到现场。从车里出来的王局长满面春风，小李忙跑上前去，和刘秘书一同将王局长引领到龙头前。李师傅郑重地递上蘸满朱砂的毛笔，王局长亦神色庄重地接过，在喧天锣鼓声中，往那龙眼上点去。眼睛一点好，竟对着王局长眨了眨。原来这眼

睛做成了活的，真是精致。王局长见状，满脸笑意，不住地点头称赞。

接着就是试飞，这么长的风筝不是一般人能放起来的，单是那绳子就有指头粗细。李师傅连小李也不让插手，只带几个得了亲传的门生帮忙。那风筝在地上一展开，就已经很壮观了，每隔十米就有一个人把持着。

这边王局长忽然来了兴致，刘秘书看出他的意思，走到李师傅跟前与他耳语："是否让王局长亲自放飞？"

李师傅略一沉吟，刘秘书急道："最近王局长运气不错，心情也好，这锦上添花的事如何不做？"

李师傅为了儿子的前途只得一咬牙，把手中的绳子交与王局长。

这风筝放飞要跑上一阵，王局长那粗短身材加上便便大腹，只几十米下来就吃不消了。虽有刘秘书在旁帮忙，仍是气喘吁吁、力不从心。突然一阵大风吹过，刚升起一点的风筝就朝着湖面上飘去，任王局长和刘秘书如何用力，终是控制不了。

眼看着风筝就要向水面落去，李师傅一个箭步冲上去，抢过他们手中的绳子，顺风势放长了些，又猛地一拉，向后狂奔起来。这一气跑出二百米，那龙头蜈蚣就飘飘悠悠地上去了，越升越高。众人一片欢呼，试飞成功了。李师傅回头看到王局长在笑，心中一块石头落了地。

可是，这以后小李在单位的状况不仅没有改善，反而大不如以前了。李师傅不明就里，还是刘秘书道破了天机。原来王局长日前算命，被告知官运亨通，只是怕有人抢道或者挡道。本来试飞龙头风筝是个吉利事，但是那天李师傅抢了绳子，走在了头里。王局长断定是合了算命者之言，万不可重用小李。

李师傅闻得此言，长叹一声，劝小李辞了职，之后带小李参加大赛，一举夺冠。以后小李醉心于风筝制作，人称"风筝李"。后闻王局长官运受阻，丢官落马，李氏父子也只是淡然一笑。

借 醋

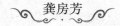

龚房芳

终于搬进了新房子,这些房子都是一百二十平方米以上的,因为是难得的单位优惠价,所以单位宿舍的原班人马都挪了进来。房子虽便宜,但由于面积大,大家的日子就都有些吃紧,过得都比以前清苦了些。

用同事们的话说,这里是贫民豪宅。豪是有点:落地阳台,统一的欧式门窗及防盗设施,每面墙的窗子都大到极致,从外面看很像样的。贫也是真的:要还贷啊,还要省点钱再把室内弄得更好些。

先生说:"这下明明妈没法显摆了吧?"

是这样的,以前住筒子楼的时候,明明妈隔三岔五就买只鸡回来,总是在楼下拔鸡毛,开膛破肚。很多人都是在市场上把这个步骤完成的,然后把鸡装起来拿回家。明明妈不,她总是在别人下班之前就在楼下摆好了阵势,用一盆开水把鸡烫透,然后不紧不慢地拔鸡毛,从容得让人替她着急。

每次有人经过,她都会大声地招呼:"王姐,下班了?""李姨,买菜回来了?"

人家就会说:"呦,明明妈,又买鸡了?"

明明妈依然声音很响地回答:"是啊,才两天没见鸡肉,明明就受不了啦。哎,现在东西真贵,就这只鸡小二十呢!"

明明妈不断地跟经过的人重复着这些话,先到家的人在楼上能听到三十多遍,我最多一次听到三十八遍。直到她把鸡处理好,这栋楼的人也该全回到家了。

我说:"明明妈嘴甜,嗓子也好。"

先生就撇撇嘴。

现在家家厨房宽敞明亮,三个人在里面同时忙碌也没有拥挤的感觉,明明妈也不用辛苦地把鸡拿下楼拔毛了。再说楼下都是花园,整洁漂亮,也没有地方弄啊。房间封闭性也好,她的好嗓门在楼上也听不到了,我还真有点想念那声音呢。

这天晚上,我们正在吃饭,门铃响了,明明妈带着张大嘴的明明站在门口。明明妈说:"吃鱼卡了,家里没有醋了,借你们家点醋,让他喝点把鱼刺软化了。"

我刚要起身去拿,先生抢着说:"哎呀,真不巧,我家的醋也刚炒菜用完了,不好意思啊。"

明明妈并不介意,又说:"真是,你说四五斤的大鱼怎么会有这么小的刺呢?我们再到毛毛家去借吧。"

先生边送他们边说:"明明经常吃鱼啊,怎么还会卡住?"

明明妈说着"是啊是啊",就赶着去毛毛家了。

门一关上,我就责怪先生小气:"不是刚买的醋吗?干吗不借给他们?就看着孩子受罪啊?"

先生诡笑道:"你就成全她一次吧,卡一次也不容易,让她串串门,真卡假卡还不知道呢。你没看都从三单元到我们一单元了吗?"

我暗想:原来住在两栋楼里,现在大家分住在五栋楼里,她还每家都去?这工程量可不小。

第二天,我发现知道明明家吃鱼的有九成以上。

难道大家都在成全她?好心肠的人真多呀。

心 跳

胡 炎

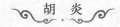

二十年前。科员。

那时他刚大学毕业,腼腆得像个大男孩。每天早上,他总是第一个赶到单位,打水、拖地、擦拭桌椅,等同事们来到的时候,办公室已经窗明几净。

领导拍拍他的肩:"年轻人,好好干。"

他的心一阵猛跳,那是激动和感激。

同事老大姐给他介绍对象。第一次与女孩见面,没说话,他先脸红了。后来,第一次牵手,他心乱跳了一个晚上。

三年后,竞争上岗。他顺利晋升为副科级。宣布那天,他心跳加剧。除了兴奋,他更感到肩上的压力和使命。

又过两年,领导突然被"双规",原因竟是在干部选拔任用上收受钱物。可他从来没有给领导——他的伯乐送过一分钱。同事老大姐诡秘地一笑:"好好谢我吧,给你介绍了个好对象。"

他恍然大悟,岳父的官职比领导大。

那一天,他心跳得像打鼓,心中说不清是什么滋味儿。

十五年前。正科。

同事们都说，他比以前成熟了。

他很勤勉，工作风风火火，办事雷厉风行，把一个死气沉沉的部门带得风生水起。

岳父很看好他这个乘龙快婿，谆谆教诲道："年轻人就得有事业心，不过我还要对你提出更高的要求。"

"您说，爸爸。"他洗耳恭听。

"咱们国家是一个人情社会，政绩是最大的资本，人脉是最大的财富。记住，为官从政，腼腆不是优点，老实不是长处。一手原则，一手人情，两手抓，两手都要硬。"

他陷入了久久的沉思。

很快，他脱胎换骨了。

觥筹交错，把酒言欢，人际关系不断拓展，各路朋友与日俱增。

见了女同志，他落落大方，再不会脸红，也再不会心跳加剧。

后来，他收到了第一份礼——两条软中华香烟，好友送的。他推开三次，好友推回三次："咱可是穿开裆裤的兄弟，你就忍心让我的面子掉地上？"

他不忍心，真的。于是，他收了。而不经意间，手中的原则微微地倾斜了一下。

他心跳了许久。

十年前。副县长。

当上副县长的时候，岳父也退休了。

他明白，这次提拔，得益于他出色的政绩，也离不开老岳父方方面面的周旋。

"以后，就要靠你自己了，不要让我失望。"岳父语重心长地说。

他重重地点头。

大刀阔斧、一丝不苟，这是他一贯的作风，也是他根深蒂固的习惯。为此,他分管的工作不仅高速推进,而且声势浩大。

身为高干子女的妻子,在他面前一向保持着十足的优越感,而今也撒着娇求他了:"我表哥的事,你可一定要关照哟。"

关照吗?他一夜未眠。他很清楚,这个关照,不是原则倾斜一点点的事。

但最终,他还是关照了。他想到了岳父。没有岳父,就没有他的今天。他不能做家里的白眼狼,那就只能做父老乡亲的白眼狼。

送礼者络绎不绝。大的他不敢收,意思意思即可。因为,他的心会乱跳。

投怀送抱的女性也多起来。他有了一个红颜知己,却未越雷池一步。因为,他的心会乱跳。

只是,心乱跳是看不见的。大家看到的,只有他的魄力,以及指日可待的未来。

五年前。县长。

他的当选,实至名归,人人心服口服。

上任当天,却是岳父生命的终点。弥留时,岳父拉着他的手,眼神里满是欣慰和期待。他明白,那只手牵出了他的今天,也要拉着他一直朝前走,走向一个又一个辉煌的高点。

他哭了,哭得涕泪交流。

他不会让岳父失望,他也不允许让自己的政治抱负和人生理想折戟沉沙。唯有干出个样子,让自己永远站立在政治舞台的中心。

办公室里,经常深夜灯火通明;施工现场,不断叠印着他奔波的足迹;公路、铁路、水路,他的身影穿越晨昏、马不停蹄……

他落下了一个"工作狂"的雅号。

短短三年,他所在的县成为全市最强工业县、全市最美生态县、全市高

新产业集聚区。

"不服不行啊！"人人都这么说。说的时候，一定会竖起大拇指。

但是，没人知道他有一个隐秘的变化，甚至，连他自己都浑然不觉：他不会心乱跳了。

现在，他身陷囹圄。

半年前，就在上级研究准备让他任职副厅级时，一个开发商因非法集资接受审查，第一个检举了他。

也许，一切都是从不会心乱跳开始的。

商人的重金、下属的礼金、高档住房、金玉古玩……他受之泰然。

石榴裙下的销魂，他乐不思蜀。

没人知道吗？不清楚。但有一样是肯定的，没人对他说一个"不"字。而几乎所有人都相信：他的锦绣前程，很快就会到来。

到来的，却是晴天霹雳。

"双规"那天，他心跳加剧，跳得眼前发黑，乾坤颠倒。

宣判那天，他的心又乱跳了，跳得像迷乱的鼓点，像绝望的战栗。

而今，他每天都在回忆里心乱跳，二十年，很漫长，似乎又很短暂。那个腼腆的大男孩，常常用忧郁的目光和他对望。他恍惚：那么干净的眼神，是昨天的他吗？此刻，唯有以泪洗面，无论醒着，还是梦着……

他不知道，外面的人，无论领导、同僚，还是他曾主政一方的百姓，至今提起他，依旧扼腕叹息："可惜了！"

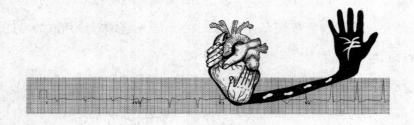

夜　曲

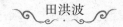
田洪波

　　夜半时分,心正悬在嗓子眼儿上,刺耳的摩托车疾驰声又由远而近,如黄蜂般铺天盖地嗡嗡而来。

　　这已不是第一次,每次我都头疼欲裂。那噪声太大,在空旷寂静的夜晚,被无限扩大,搅得人根本无法入睡。如果此刻手里有把枪,我想,我会毫不迟疑地结束那车手的生命。

　　我所住的小区临街,分一期和二期,几百户人家,中间隔一条街道。街道每天车水马龙,楼下商品房都开成了饭店和歌厅之类,偶有噪音,但并不至于影响睡眠。这辆摩托车却不同,总在夜半时分出现,其间会有多次往返。一次折磨也就罢了,它好像有意挑衅人的底线。

　　多次站在窗前往下望,并不能看得真切,只模糊看到摩托车从东而来,稍事休息,又呼啸奔西而去。有时车上一个人,有时两个人。我的神经受到空前挑战,该睡觉时,总隐隐有一丝担心或莫名其妙的牵挂。等那噪音远远传来,宣示着又一次挑战来临,整个人才会放下来,周而复始地在心里谩骂那个该死的车手。几个回合下来,我在妻子一次次的劝说下,按捺住下楼质问的冲动,巴望事情出现转机。

　　和邻居探讨过,他们多是一副神秘莫测的表情,似乎责怪我过于敏感,

似乎这样的事对他们的睡眠影响并不大。

烦躁在加剧,妻子陆续带回一些信息:车手大概是楼下烤动力音乐轻吧的服务生,他的车总停在烤动力门前。车手大约二十岁,头发长长,一脸不谙世事的样子……

我的愤慨和不满与"时"俱增。乳臭未干的服务生,少不更事到心里从未想过别人,实在该教训!

机会说来就来,听见噪音,我迅疾冲下楼去。摩托车果然停在烤动力门前,车后座上坐了个长发飘飘的女孩。车手是个瘦弱得屁股没有肉的男孩,正春风得意地准备发动那该死的引擎。我手指向下,让他们停住,然后把我多日积累的不快一泄而出。

车手脸上现出窘态,那女孩也歉意地不知说什么好。

车手嗫嚅着告诉我,摩托是多年的老摩托,本已报废,但他们的生活离不开它。他每天定点来接他的伙伴们,一共六个人。接一个往返一次,一共往返六次,才能把他们聚齐,接到他们共同租住的房屋。摩托引擎噪音大,他们没钱修理。住地离轻吧远,他们租不起又近又好的房屋。车手介绍自己是服务生,其他五人都是歌手,常年在轻吧驻唱。他们觉得生活很有奔头,相信好日子就在不远处向他们招手……

说实话,这样的结局是我始料不及的。我甚至感觉到脸热,为自己对他们的轻妄猜测。我当然想不出什么好办法,但车手明确表态:"我们以后一定注意,绝不会再影响你们休息了。我们年轻,不经事,别和我们一般见识。"

如此通情达理让我无言。我拍拍车手的肩膀,冲他们伸出大拇指。

至此,噪音消失了,几乎无影无踪。

我不知道他们怎么做到的,需要我牵挂的事太多,多到每天都很疲惫地回家,懒得再理任何人和事。偶尔会想到他们,想到他们的打拼,也想到自己的打拼,想着自己又有多少苦楚为外人所不知呢?

在一个雪天里我喝多了酒。从车上下来往家走时，意外看见了那车手。车手在漫天的飞雪中费力地推着摩托，后面跟着个背着吉他的少年帮手。

经询问得知，他们要把车推到远离住宅区才发动引擎。这一来一回，就是一千多米的距离啊！

我把车手拉住了。我夸奖他是好孩子，他们已经懂事了，他们都是会有出息的好孩子。我让他们别介意我说过的话。

那车手微笑摇头："再见大哥，你也是好人。"他们说着继续在风雪中往前推车，同时冲我摆了个胜利的手势，一下子晃花了我的眼睛。

可 乐

曾 颖

那是多年前的一个夏天，师范快毕业的我到一个公益组织学习，被派到位于成都红花堰的一所民工子弟学校实习。

当时社会舆论正激烈争论着这类民工子弟学校存在的必要性与合法性。有观点认为该拆，有观点认为应该扶持。

在争议声中，学校像风雨中的小船一般，岌岌可危，飘摇不定。

学校的校长是个"悲观的乐天派"，他对学校不明朗的前景充满了焦虑与恐慌，但他心里坚信自己正在干的是好事情，老天定会可怜他，给学校和孩子们一条生路。

正是基于这个原因，他一直认真紧抓教学质量的管理，每年都搞统考和"三好"评选。当然，考卷和奖状，都是"山寨"城里学校的。

除此之外，他还搞些社会实践，这些社会实践包括带孩子们进城学习坐公交车，参观大商场的厕所，去十字路口看信号灯过马路……

我所讲的这个故事，就发生在四年级的一次社会实践中。

事情的缘起，是班上几个同学为城里人做饭烧什么而发生了争论。

一个来自偏远山区的女生在闲聊时说起了自己对城里人生活的困惑——楼那么高，柴怎么运上去？

她的想法受到另一个来自不那么偏远地区的小孩的反驳，那孩子说城里人烧饭哪会用柴？当然是用天然气，一罐一罐往家里送，接上管子一打就燃，又方便又没柴烟。

也有孩子反驳他，说天然气是用管子输的！

但具体怎么输，他们说不清楚。

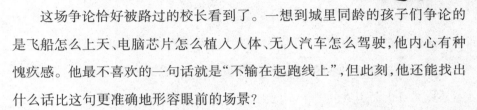

这场争论恰好被路过的校长看到了。一想到城里同龄的孩子们争论的是飞船怎么上天、电脑芯片怎么植入人体、无人汽车怎么驾驶，他内心有种愧疚感。他最不喜欢的一句话就是"不输在起跑线上"，但此刻，他还能找出什么话比这句更准确地形容眼前的场景？

于是，就有了那场旨在参观城市电梯公寓的活动。参观的地方，是一所城里普通得不能再普通的电梯公寓，这座城市至少有一万幢这样的公寓。校长的女儿在城里工作，按揭贷款买了一套房，刚装好不久，正好派上用场。

那天，孩子们对城里人如何煮饭的疑问得到了彻底化解。

但这些都不是重点，重点是，在离开公寓时，有个老保安小声对我说："你说这些是民工的孩子？"

我点头。

老保安小声说："那你们恐怕要费心好好教教，你看，这么好的可乐，喝都没喝就扔掉了！"

他递给我一瓶可乐，满满的。

"你确定是孩子们扔的？"

"是的，我看到一个小姑娘躬下身子放到垃圾桶前的，我虽然年纪大，但眼还没花！"

我接过可乐瓶，放到包里，准备回去的时候对孩子们讲讲关于节约的

问题。

回学校,把可乐瓶放在桌上,去洗脸擦汗,回来时,却见邻座的薛老师苦着脸看我,左手拿着水杯,右手拿着那瓶可乐,埋怨说:"以为你进城给我们带了可乐回来,不想却拿瓶酱油水来捉弄我们,你太坏了!"

我拿起那瓶"可乐"一闻,确实是一股酱油气。这时,我突然明白它为什么被扔掉了。很显然,难得的一次集体活动,孩子们都自备了饮料和零食,而其中有一个小女孩,因为没要到钱,就用酱油兑了一瓶色泽相似的"可乐",以掩饰自己的窘迫。这是一个穷家孩子弱弱的自尊心,在它面前,我又怎么有资格给他们讲什么叫节约?

这件事过去了很多年,它成为我当上为乡村教育服务的志愿者的原因。每当我面对来自贫穷地区的孩子们时,就会想起它,还有那些为城里是烧柴还是烧煤煮饭而引发的争论。反正,我不会把它们当笑话来听。

天鸡壶

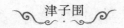

津子围

前天晚上,我刚爬进被窝,就被门铃声催促起来。

透过对讲门铃,我问:"谁呀?"

"我!"

我又问了一遍,楼下说:"是我!"

春天乍暖还寒,房间里比室外阴冷。我披了件冬天穿的大衣,吸溜着鼻子对他说:"我不太舒服,要喝茶你自己烧水吧。"

他去烧水沏茶,随手还帮我归拢了一些杂物。

"这么晚了来,有重要的事吧?"我问。

他说:"倒也算不上重要,拍卖行的找我……"

我说:"等等,拍卖行的为什么找你?"

他说:"可能知道咱俩的关系吧。"

见我不说话,他接着说:"拍卖行一个自称元董的人找我……"

"不是宋董吗,怎么又来了个元董?"我插话。

他说:"我不知道,反正找我的人说他姓元,名片上也是这样印的。"

我说:"这些人也真是的,我明确表态了,他们怎么还黏黏糊糊呢!"

"现在宝贝在你手里。"他语气坚定地说。

我说："对。"

他说："陈鸣远是继时大彬之后的一代名师，传世的老东西不多。康熙年间，京城就有'海外竞求鸣远碟'的说法。"

我说："这个我知道，他除了技艺精湛，还有晋唐之风，这都是你跟我交代的。"

他说："尤其这把天鸡壶，可谓世间绝品。其实，早在魏晋就有鸡首壶，到了陈鸣远手里，推陈出新了。"

我说："我知道宝贝重要……我没打算拍卖。"

他说："你这样说我宽心了。"

说着，他走过来，给我披了披滑下去的大衣。

昨天早晨醒来，阳光白晃晃的直刺眼睛，我呆坐在床上，反反复复想他说的那些话。

事实上，早在我出生之前，很多人就知道我家有祖传宝贝。我爷爷是老中医，到了父亲这一辈儿没传下来。据说父亲小时候很叛逆，他要成为新社会的劳动者，一直到了三十二岁才学了一门手艺，做豆腐。好在爷爷留下一件传家宝让他心里有了底气，一辈子也算平平安安。他和母亲都是八十高寿逝世。后来，传家宝传到了我的手里。

父亲去世前跟我多次讲传家宝多么重要，"穷死也不能卖"，一定要传给下一代。其实我对这个传家宝还是怀疑的，尽管我从没说过，内心的疑问随着父母的离世成了无解之谜。

我的怀疑只是零散的片段，麻烦在于它们之间构不成完整的逻辑链条，就像一丝一条的碎布，缝起来也不是件完整的衣服。

比如我九岁那年，后院的豆腐坊失火，当时父亲不在家，他拉车去城里送豆腐。

母亲怕火灾连祸到老屋，带着我慌慌张张地从屋里往外搬东西，她搬的第一批是一个包袱、一个灰蓝色布巾包裹的盒子，我则拖拉着家里仅有的半袋玉米面。

不想忙中出错，母亲在院子里脚下"拌蒜"，摔倒在地。

我听到器皿摔碎的声音，母亲也一定听到了，她坐在地上，脸色苍白，两眼发直，始终没打开包裹。

过了好一会儿，母亲扶着腰对我说："没事儿，东西没摔坏，人也没摔坏。"

在邻居的帮助下，豆腐坊的明火很快被扑灭了，火焰并没有蔓延开来。

父亲是天色将晚的时候回来的，他回家之前，我看见母亲鬼鬼祟祟地一只手拿着铁锹，一只手拎着灰蓝色的布包，去了河套。

我发现，那个布包已不再是方形了，没错，我印象十分深刻。

十二岁那年，父亲连续几周都带我去逛旧货市场。

他面色阴沉，间或唉声叹气，有一次终于发现了地摊上一把可心的紫砂壶，和卖主讨价还价了好几个礼拜——一周一次。最后那次我没跟他去，我只知道，从那以后父亲再也没去旧货市场，紧锁的眉头也舒展了。

我到城里上重点高中那年春天，小镇遭遇了据说是百年不遇的水灾。

我家离河套近，房子被大水拦腰泡上了。

我傍晚赶回小镇，在临时救助帐篷里，一眼就看到一脸污垢的母亲。

她坐在叠起的被褥上，怀里抱着灰蓝色布巾包裹，那个包裹棱角分明。

夜半时分，半梦半醒之间我听到母亲轻轻地抽泣，她断断续续地说："现在什么都没了，以后的日子可怎么过呀！"

父亲吧嗒吧嗒抽烟，没说话。

母亲说："他爸，不行咱把家里这个老物件卖了吧。"

父亲说话了，他说："现在还不是没饿着吗？"

母亲说："可是，水退了之后，咱不盖房子吗？"

父亲说："这个不用商量了，只要饿不死就不能卖祖传的宝贝，就是饿死了，也不应该卖祖传的宝贝……"

父亲去世后，我查了资料。谁说祖传的就一定是真的？民国时有人专门制作仿品。这样说来，排除掉父亲和母亲分别偷梁换柱的可能，也不排除爷爷收藏的东西原本就是赝品。

可是，如果那把天鸡壶是假的，父亲和母亲为什么都坚信是祖传的宝贝呢？是时间久了他们自己都信了，还是在艰辛的生活中寻求心理安慰？想到这儿，我似乎理解了什么，只是没多久，我自己又不肯定了。

今天阴了一天，小雨断断续续。中午我就上床，闭上眼睛，希望他能再次来跟我絮叨。

上次之所以心里没难过，是因为处于他还活着的情景中。

当我从梦中回到现实才意识到，自己应该对父亲说，我心里真的想念他。并且，我还要清清楚楚地告诉他："放心吧，祖传的宝贝，穷死也不卖！"——可惜，他没出现。

突然，门铃响了，我连忙跳到地上，透过对讲门铃，我问："是你吗？"

"是我呀。"楼下说。

"声音不对呀。是老爸吗？"我追问一句。

"我是老宋，拍卖公司的老宋啊。"

我连忙把对讲电话挂上了。

门铃声持续响着。

我没好气地问："您找谁？"

楼下说："我找光耀先生。"

我说："他不在！"

楼下问："那您是谁？"

流浪汉

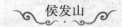

侯发山

　　父亲去世后,小康就正式接管了店铺。店面不大,经营的是相机,尼康啦,佳能啦。这种东西,也贼值钱,好的,得上万元,甚至十几万元,不亚于一台小轿车。

　　小康每天早上来到店门口,总能看到一个流浪汉蜷曲在店门口。他六十岁左右,胳膊腿健全,长长的头发,像是被糨子给糊住了,一绺一绺的;脸上黑一块紫一块的,身上的衣服长一片短一截的,类似时下流行的混搭,自打套在身上怕是没脱下洗过,已经看不清本来的颜色……眼下是秋天,他却穿着羽绒服,还是女式的。走近了,还能闻到他身上散发出的那种刺鼻的味道。这个流浪汉也不傻,只要看见小康来,就知趣地走开了,走得远远的,一整天都不见他的踪影。

　　难道这个流浪汉打算伺机偷盗?想到这里,小康留了个心眼。然而,媳妇正在坐月子,母亲又有病,他白天不在家,晚上总不能还守在店里不回去啊!父亲活着的时候,也不是常常住在店里。有几个晚上,小康不放心,悄悄踅摸到店铺门口,每次都看到流浪汉睡在那里,也没有什么反常的行为。但老话讲,害人之心不可有,防人之心不可无。还是把他撵走的好,免得夜长梦多。

这天早上，小康来到时，流浪汉还在店铺门口酣睡。小康也不理会，从流浪汉身上跃过，悄悄打开门，扫地时故意把尘土往他身上扫，即便这样，流浪汉还是没有醒。小康就用扫帚去撩拨流浪汉的脸，流浪汉这才醒过来，讪讪地走开了。小康挥舞着扫帚，捂着嘴朝他叫道："滚！滚得远远的。"

小康以为，这下流浪汉肯定会流浪到别处去。第二天清晨，远远地，小康看见那个流浪汉还在店铺门口，靠着防盗门，半躺半坐，优哉游哉的，好像自己是店老板似的。小康便气不打一处来，走到流浪汉跟前，抬脚去踢他，同时把手里半瓶矿泉水泼到他身上，一边怒吼着："滚！滚！滚！"那架势，仿佛跟流浪汉有杀父之仇。

流浪汉诧异地看着小康，心说，你跟我有多大的仇恨，为啥发这么大的火？

"看什么看？你聋吗？再不滚我揍死你！"

流浪汉走了。

此后,小康再没见到过那个流浪汉。

大约过了半个月,小康的店铺被盗了,丢了五台索尼高档相机,每台都在一万元以上。

小康的脑海里立马出现了那个流浪汉的影子,他断定就是那个流浪汉在报复。当警察赶到后,小康说出了自己的怀疑。

怀疑归怀疑,警察要的是证据。幸亏店铺对面有家面包房,人家在外面装了两个摄像头,有一个刚好照到小康的店门口。

警察打开监控,根据监控拍到的画面,短短时间内便抓获了犯罪嫌疑人。据犯罪嫌疑人交代,他早就盯上了小康家的相机专卖店,因为流浪汉的缘故,才一直没有下手。

面包房的监控录像证明了犯罪嫌疑人所言不虚。小康一边看监控一边泪流不止:小偷光顾店铺几次,每次来都是因为流浪汉睡在门口,小偷才没有得逞。有一个晚上,月黑风急,昏黄的路灯像是眯着惺忪睡眼的醉汉,街上少有行人。那个小偷又鬼鬼祟祟地出现了,拿着刀子威逼流浪汉离开。流浪汉头一低,不管不顾地朝小偷身上撞去。不怕人横,就怕人不要命。见此情形,小偷也转身逃了……

流浪汉为什么要这么做?

面包房老板的话让小康如梦初醒:小康的父亲在世时,时常买面包给流浪汉!

小康转遍了大街小巷的旮旯角落,也没有找到那个流浪汉。

大叔,您在哪儿呢?店里清闲的时候,小康常常盯着门口自言自语。

云上的饭店

袁省梅

张六九跳下三轮车,手里举着麻花,说:要是有钱了,我要在这儿开个城里最好的饭店。

话是说给他媳妇王凤凤的。

王凤凤知道这是张六九这一天的第一句话。

每天到了麻花铺前,张六九说的第一句话就是这句。

好像这句话成了他一天的开始。

好像没有这句话,这一天就没法开始。

每天早起,张六九骑了三轮车收废品时,第一个到的地方就是街头的这个麻花铺,买一根麻花给媳妇吃。

刚炸出来的麻花,老远就闻上了香。

王凤凤喜欢吃麻花。

王凤凤说,这世上没有比麻花好吃的东西了。

就她的这一句话,结婚八年了,张六九给她买了八年的麻花。

以前他们都在城里的大富豪酒店打工,酒店没有早饭,张六九每天早上爬起来,骑上车子,穿过大半个城,到城西这家麻花铺给她买根麻花,担心凉了不好吃,他就把叮铃咣当的自行车骑出了摩托车的水平。

张六九说了第一句话后还有第二句。

张六九的第二句话是：开一个最有羊凹岭特色的饭店。

羊凹岭有凤凰岭，有状元坡，有百鸟朝凤和江山庙。

羊凹岭的饭菜，生意再怎么也不会差。

王凤凤也是这样想的。

可是，今天，王凤凤嚼着麻花，想叫他别说了，天天就是这两句话，话说三遍都淡如水了。

他有这力气，多跑几个地方，年跟儿了，家家扫尘，说不定能多收个东西、多挣俩钱。

可她嚅嚅唇，没有说，一声悠长的叹息却藤蔓般在心头爬，也无奈，也伤感。

嘴上说说跟云在空中飘有啥两样？由着他吧。

说到饭店，张六九的眉眼飞扬开了。

他说，肯定红火，你信不？

他的饭店在云中热闹了好一会儿，才骑了三轮车，叫王凤凤坐好，大吼了一嗓子，走咧——

王凤凤在车厢的编织袋上坐着，手边放着个拐棍。

一次车祸中，王凤凤丢了半条腿，张六九坏了一只脚。

肇事车至今也未找到。

张六九又指着麻花铺旁边的羊汤馆，说，咱可不开这种店，羊肉羊汤，呼呼啦啦的一碗，一点儿技术含量都没有，有什么劲？

这块地方张六九早就看好了，说是来往的人多，饭店生意肯定好。

当然是出事前。

出事前，张六九是大富豪酒店的厨子，王凤凤刷锅洗碗。面案、菜案上的活儿，张六九都能拿得出手。

张六九说是攒够了钱，就开饭店，最起码不用雇厨子不用雇服务员吧，

这就省了一笔。

王凤凤问他钱呢。

一说钱,张六九就没话了。

张六九就低了眉眼,继续在饭店给人家打工。

王凤凤心疼他,就说,给人家打工也好,少操心。

张六九却不同意她的说法。

张六九说,不想当将军的兵不是好兵,人活一辈子,不能没个想法。

他说:"要是咱自己的饭店,我就会开一张我喜欢的饭菜单子,我还会看人下菜,男人还是女人,老人还是孩子,做出不同的口味来,不高兴的人我要让他吃出高兴来,高兴的人我要让他吃出满足来。你信不?"

他们出车祸后,就再没去过打工的饭店。

去,能干得了活儿?

可是,张六九还是想开个饭店。

张六九说,等过了年,咱手里的活儿一倒腾,就把这个麻花铺租下开饭店,麻花铺要搬到街头,不远,你啥时候想吃我啥时候买。

张六九说,咱的饭店可不是一般的店……

寒风里,张六九突突地开着三轮车,和王凤凤说得也豪迈,也自信,是欢喜了。

王凤凤呢,坐在车里,由着他云来云去,有时嗯一声,有时自顾自看街上的热闹,也不理会他。

张六九呢,满脑子都是他的饭店,走了好一会儿了,还在说他的饭店。

张六九说,咱的饭店就是卖馒头稀饭、油条豆浆,也肯定比别人家的好吃,有羊凹岭的特色呢。少说一天也能挣个二三百吧,一天二三百,一月下来能挣多少呢? 你算算。

王凤凤没有算,她说,要是我的腿不坏,不至于二三百吧,咱还能多挣点儿。

张六九呵呵笑着，不怕，没事，慢慢来，再说了，多了咱也不挣，人活着，不是只图挣钱，你说对吧？

王凤凤怅然地叹息着，那咱也得先把借人家的钱还了啊。

张六九说，不急，急啥？过日子跟开车一样，低挡起步，大油门爬坡，慢放离合，礼让三先，这样车才能跑快跑稳。

王凤凤乐了，可她却撇着嘴说，看把你能的，好像你开过车。

张六九说，三轮车不是车？

王凤凤咯咯笑了。

张六九听着王凤凤的笑声，也乐了。

街上人流车流，嘈杂热闹，可他看见自己的心哗地也豁亮，也轻松自在了。

他就对自己也说了一遍，很重，很响。

他说：不怕，没事，慢慢来。

寒风里，王凤凤悄悄地擦了一把泪。

遗体告别仪式

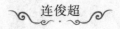

连俊超

阳光照不到我，我不知道如果阳光照在我身上会怎样。我记得自己躺在这里之前，在黑暗中摸索了很久，我希望能在阳光中沐浴片刻，我想跟旁边的人说一声，把我这身老骨头往阳光中挪挪，可我张不开嘴。我的眼睛也紧紧闭着，但我能清楚地看见周围的人们，我看得见他们脸上的每一条皱纹和毛孔，我熟悉这个大厅的结构，就像那些闭着眼睛也能行走的梦游者一样。

我看到他们走进来了，他们从大厅门口过来的时候，就像一条火车驶进了隧道，他们身上扛着的白花花的阳光在走进大厅的一瞬间消失不见了。他们在门口领到了精致的白色花朵和黑纱，还有一张硬纸片。我远远地就听到他们分发硬纸片时的声响了，那种声音让我想起了自己在修改文字时翻阅资料的情景。可是那两个负责分发的工作人员让我觉得他们是站在大街上发传单——很少有人会看一眼这样的传单，在他们看来，自己接过来就已经是很尊重那些发传单的人了。那张传单上大概显示了我这一生的履历和成绩，是的，到头来我的一辈子就写在那个传单一样的纸片上。

他们在大厅里混乱地拥挤着，这么多人来跟我告别让我有点儿不适应，可我也没表示自己的不满。正式的仪式还没有开始，我看到他们互相寒暄

着握手致敬,然后三五成群地站在一起聊天。他们的脸上浮现出故友相见时难以掩藏的笑容,却又像是被人监视了一样笑得有些不自然,如果他们手上再端上一个高脚杯,那么这就是一场规模盛大的酒会了。我不喜欢也很少参加过这么多人聚集在一起的活动,尤其是那种说说笑笑的场面,我是个木讷的人,此刻我躺在这个大厅的中央简直就像躺在一张满是荆棘的床上,受尽煎熬。我看着从窗口透进来的阳光,我希望能越窗而逃,离开这个喧哗浮躁的境地。

终于有人出来维持秩序了,那人站在我的脚跟前,责问另外几个工作人员,为什么在维持好秩序之前就把我推进来了。他们面露难色,没有回答,那人就吩咐他们赶紧把亲属请进来。我对此并没有异议,只是觉得他们应该把我推到阳光照得到的地方。

我看到我的妻子和儿子们走进来了,披麻戴孝,哭哭啼啼。方才混乱不堪的人群立即鸦雀无声了,并且像入伍新兵一样规规矩矩地站成几排。他们低着头,听着司仪讲述我的生平。我不认识这个司仪,这一辈子我就只有这一次机会和他站在一个大厅里。他的讲述很抒情很动人,让我觉得他讲的是与我无关的另一个人。他竟然在中途落泪了,甚至啜泣得不成样子,连一句话都说不完整,我没有想到一个无名作家的一生竟是如此感人,可是站

在他面前的那些悼念者并没有他这么激动，他们仍然垂着头，像是一群聆听教海的囚徒。他们脸上冒出了汗珠，在这大热天挤在人群中是件难熬的事情，他们渐渐不安分起来，不停地抬手擦汗，站在后排的几个人甚至从口袋掏出那张纸片来扇风。

司仪仍在痛哭流涕地讲述，人群已经骚动起来。我清楚地看到他们的烦躁，他们心情糟糕透了。寂静被大厅里的闷热驱赶出去，他们解开了领扣，交头接耳，即使司仪请他们安静下来，他们也只是降低了说话的声音，仍旧躁动不安。于是司仪不得不结束了自己的哭诉，开始安排他们与我告别。

哀乐响起来，我听不到他们纷杂的说话声了。我看到他们排着队向我走来，每个人都在后排往前挤，就像在车站排队买票一样，只是没那么粗野。他们期待早些看到我的遗容。队伍的前方总是宽松的，当他们走过我脚跟前时就不像他们插队时那么奋力和蛮横了，他们恭恭敬敬、充满敬仰地绕着我走，他们脑门的汗顺着脸颊流到了脖子里，但是他们忍着。有些面孔我不是很熟悉，但他们走过我身旁时仍然步履沉重而迟缓，仿佛每迈出一步都要花费很大的力气。当他们绕回我脚跟时，他们抬手擦掉汗，似乎做完了一件一直压在心底的要事。可他们还不能马上离开，在我被推离这个大厅前，在我的亲人们离开之前，他们的离去是很无礼的，他们就回到人群中，再次扎堆聊起来。

当最后几个人走向我时，他们的表情让我觉得仿佛他们终于领到了属于自己的那份战利品。然后司仪做了很短的总结，开始安排人们退场。

我被工作人员推离这个大厅时，我看到那些悼念者也纷纷拥挤着向门口走去，他们走进了外面的树荫下，深深呼出一口气。我看到风吹动了叶子，他们感叹道："再来一股这样的凉风吧！"他们面上都重新挂上了久违的轻松的微笑。

我不想吹风，只想走出去，让阳光照在我身上。

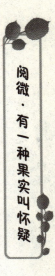

开花的步枪

周海亮
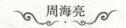

他知道这样不好，可是他喜欢这样。

他喜欢将一朵淡蓝色的小花，插在他的枪口。

他们一直驻扎在战壕。真正的驻扎——整整半年，吃在那里，睡在那里，警戒在那里，思乡在那里。战壕又深又宽，兵们横七竖八地睡着，如同古墓里复活的全副武装的干尸。

战壕前方，空旷的原野一览无余。草绿得失真，花开得灿烂，土拨鼠从洞穴里探出憨厚的脑袋，野兔红色或者灰色的眼睛机警地闪动着。

一切那般宁静美好，看不出任何战争的迹象。可是他们不敢离开战壕半步。

长官说，对方的狙击手藏在岩石的缝隙里，藏在土拨鼠的洞穴里，藏在草尖上，藏在花粉间，藏在尘埃中，藏在阳光里。狙击手无处不在，他们是死神的使者。

他不相信。但他不敢不相信。每一天他们都高度紧张，然而战争却迟迟不肯打响。

战壕的边缘，开满蓝色的小花，五瓣，半透明，花瓣淡蓝，花蕊淡黄，花蒂淡绿。小花晶莹剔透，如同巧匠精雕细琢而成。

他探出脑袋，向小花吹一口气，花儿轻轻摇摆，淡黄色的花粉飘飘洒洒。

蜜蜂飞过来了，嗡嗡叫着，捋动着细小的长满绒毛的腿。

他笑了。他不知道小花的名字，他想起了故乡。

故乡开满这种不知名的小花，初夏时，整个草原和整个河畔，全都是蓝的。有时候，他和她手拉手在花间奔跑着，笑着，闹着。黄昏，他坐在木屋前，看她款款走来。她的头发高高挽起，两手在阳光下闪出微蓝的光芒。她提着长裙，赤着脚，脖子优雅地探着，长裙上落满淡蓝色的小花。她朝他走来，走来，越来越近，越来越近。天空掠过浮云，炊烟升起，一头牛在远方唱起低沉而深情的曲子。

一切都那般美好，看不到任何战事的迹象。可是战事还是来了，他应征入伍。他迷恋草原，迷恋木屋和那些淡蓝的花儿，迷恋她美丽的下巴和半透明的淡蓝的手。可是他必须入伍，从一个草原抵达另一个草原。潮湿的战壕里，他盯住那些小花，如同盯住她湿润的眼睛。

他将小花小心地摘下，小心地插进枪口。小花在枪口上盛开，蜜蜂嗡嗡飞来，绕着花儿盘旋。他笑，他冲小花吹一口气。小花轻轻抖动，淡黄色的花粉，纷纷扬扬。

长官不喜欢他这样做。长官说枪不是花瓶，枪的唯一作用，是杀人。他知道。可是他喜欢那些小花，更喜欢小花将枪口装扮，将战壕装扮。他从战壕里探出脑袋，他看到海洋般的小花把草原覆盖。狙击手，他看不到。

长官说，再这样做的话，把你送回家。

家乡有温和的奶牛、笔直的炊烟、淡蓝色的小花和小花般芬芳的她。他想回家，可是他不能回家。

每一天，趁长官不注意，他仍然将小花插进枪口。夜里他抱着开花的步枪睡觉，梦里花儿开满全身，他幸福得不想醒来。

他必须醒来。他们终于发现了敌人。十几个人趁着夜色，爬行在淡蓝色的花丛之间。他们拖着长长的步枪，头盔涂抹成花朵的蓝色，眼神充满恐惧和令人恐惧的杀气。长官冲他摆摆手,他起身。长官再冲他摆摆手,他将枪口捅进射击孔。长官又冲他摆摆手,他的枪口,便瞄准了离他最近的头盔。这动作他和长官演练过很多次,只要他扣动扳机,对方的头盔上就会多出一个圆圆的小洞。死去之前对方甚至连轻哼一声的机会都没有。他百发百中。

他在等待最后的命令。

他看到枪口的小花。他愣了一下。

刚才他将小花忘记了。因为紧张,因为恐惧,更因为兴奋。他该将小花摘下,轻轻插进口袋,然后,端起枪,向敌人瞄准。

那么美丽的小花,半透明,花瓣淡蓝,花蕊淡黄,花蒂淡绿;那么美丽的小花,如同娇嫩的姑娘。小花将会被射出枪膛的子弹击得粉碎,或者烧成灰烬,这太过残忍。

他的嘴角轻轻抽动。

长官的手向下劈去。他扣动了扳机。可是他迟疑了一下。或许一秒钟,或许半秒钟,或许四分之一秒钟、八分之一秒钟……他迟疑,然后,扣动扳机。可是晚了——他听到一声极轻的闷响,他的眉心,多出一个散着淡蓝色青烟的小洞。

他念一声,小花。那是故乡的名字,也是那个姑娘的名字。

猎　鸟

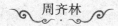
周齐林

红鸟能救母亲的命。

牛头山山势险峻，福喜年幼时曾随老王来过几次。福喜和老王一前一后，到达山顶已是深夜。福喜紧跟着老王，山险，他不敢轻易乱动。在半山腰，只见老王猫着身子，在林间左右穿梭，几番围追堵截，随着一声枪响，一只肥硕的野兔落入囊中，再往山上行走攀爬，老王又捕获了两只羽翼鲜艳的野鸡。无论是野兔还是野鸡，老王皆不伤及要害部位，一枪下来，大都命中大腿部位。

山顶幽静无比，被一层微凉的空气笼罩着，皓月当空，苍白的月光透过树的缝隙洒落下来。福喜卸下老王捕来的猎物，只见老王从随身携带的旧背包里抓出几把大米，置放在百步之遥的巨石上。石头沾染着一丝阴气，光滑而又潮湿，几团青苔附着于边缘。转瞬之间，一股浓浓的香味儿透过清冽的空气，传到福喜的鼻尖。几分钟之后，福喜就隐约感到了空气中弥漫着的那股醉意。那香味儿像是在陈年老酒中浸染多日，散发着一股酒味儿，还带着一丝莫名的香味儿。

布置完引料，老王席地而坐，嘴叼着烟杆，烟火在幽暗的林间明灭不定。突然间，福喜觉得幽静无比，自己那颗焦灼的心此刻也跟着安静了许多。当老王把烟杆重新放进包里，福喜就听见百步之遥的半空中传来一阵清脆的鸟鸣声。福喜抬头，看见几只扇动着鲜红羽翼的鸟儿出现在他面前。起先是一只，紧接着又飞来七八只，在半空中盘旋着，形成一个圆圈。福喜屏气敛息地观望着。只见一只鸟儿盘旋良久，落在石头上，机警地朝四周张望了几眼，在石头上轻啄了几下，却又停下来。福喜微转身，看见老王嘴角溢出一丝难以察觉的笑。很快，几只鸟儿也跟着盘旋而下，落在石头上。福喜见状，一脸欣喜。老王紧绷着脸，神情肃穆地凝视着。纷纷而落的几只鸟儿在石头上轻盈地走了几步，顷刻间又纷纷拍翅而起。福喜见状，看了老王一眼。老王像是预料到什么，立刻举起手中的猎枪，朝前方疾驰几步，而后停住，朝半空中连续开了几枪。只听见"砰砰"几声响，适才在空中盘旋的几只鸟受到这突如其来的惊吓，慌不择路，箭一般朝前方的丛林中飞去。老王又连续开了几枪，而后又瞄准不远处的一棵大树，射出一枪，只见一张巨网从半空中落了下来，几只鸟瞬时扑腾着翅膀落入网中。另外几只没落网的在半空中咿呀叫着，盘旋良久才离去。

一夜未眠，福喜抱着捕来的两只鸟匆匆赶到家中，见娘还未睡醒，妻子和女儿还酣睡着。此刻，天边的那轮火球刚露出一丝火星。在时间的酝酿下，那丝丝火星逐渐蔓延开来，铺成一条长长的朝霞。福喜走到床边，静静地看着娘，娘的双唇依然苍白，毫无血色。他蹲下，摸了摸娘的手，那双手上满是皱纹，疼痛已让她的手蜷曲着，不能伸直。福喜转身离开房间，在门槛上蹲了下来，默默地抽着烟。等他抽完烟，再转身，妻子正倚靠在房门口，凝望着他。

福喜把两只红鸟从笼子里捉出来，正准备杀鸟时，屋檐上忽然响起一阵沙哑而尖锐的鸟叫声，福喜抬头一看，昨晚牛头山的那一群红鸟竟然循着气息追赶过来了，全都栖在屋檐上，继而又在屋檐上空盘旋着。福喜手中的那两只红鸟见到援兵，嘴里发出呼救的叫声，在他手里拼命挣扎着。

福喜迟疑着把鸟重新放进笼子，提进屋内。屋外半空中，一只雌鸟的叫

喊声愈加凄厉。福喜抬眼望去，见是一只体型庞大的红鸟，张着羽翼，像一只老母鸡。福喜猜到那只鸟肯定是鸟妈妈了。

一直到黄昏时分，众鸟散去，独见那只老鸟依旧盘旋在半空中，偶尔栖落在屋檐上喘息片刻。一整夜，它都在凄厉地叫喊。

福喜母亲从昏迷中醒过来，听见悲戚的鸟叫声，一脸惊讶，从这阵阵悲鸣里，她仿佛看见了自己的宿命。她把福喜叫过来，问窗外到底发生了什么。福喜说明事情缘由，福喜母亲断然呵斥道，儿，快去把它们放了吧，快去！

福喜把鸟从笼子里抓出来，放在手掌间，而后使劲往半空中一推，两只鸟迅速往天空中飞去。那只凄厉悲鸣了一夜的雌鸟腾空而起，和它们汇集在一处。两只幼鸟紧跟在雌鸟身后，降落到低处，在福喜头顶盘旋了一阵，而后渐渐飞去，消失在远方。

福喜回到屋内，见母亲又昏迷了过去。

当晚，福喜梦见母亲变成了一只红鸟，在他的头顶盘旋着，久久不肯离去。

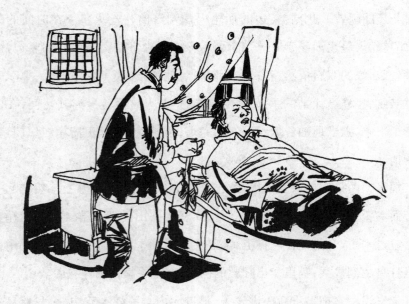

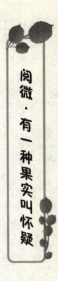
海布楞

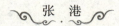

张 港

啥是布楞？布楞就是大清时的军中号角，有牛角的，有黄铜的，还有一种大号海螺做的，叫海布楞。大北方放牧的达斡尔人，是从老兵安代那儿知道海布楞的。

梅里茨屯的安代说，他就是吹海布楞的布楞手。进西藏征进犯的廓尔喀，布楞手安代，脑门子暴青筋，腮帮子鼓出血，吹沸了达斡尔披甲的心血，吹颤了廓尔喀人的肝胆。正吹得欢实，一弹打来，射穿了海布楞。

安代回到嫩江草原，背一只带窟窿眼子的海布楞。安代说海布楞是军中神物，安代说海布楞是皇帝所赐。

围观的人说："吹一个。"

安代拿绸子条堵塞窟窿，站在高处一吹，只出一声，就摆手摇头："没半点儿军中豪气，没半点儿军中豪气。"

有人说了："海布楞吹出的声如老牛撒尿，什么军中豪气，什么皇帝赏赐，不像实话！"——草原尚无盗窃奸淫，谎话妄语是极大的人格缺失。

从此，安代不再说话，低头走路，只给人看五虎抓地的英雄步。有人看见，安代独自一人对大江哭泣，念叨军中豪气什么的。

安代有了儿子，喝江水吃牛肉的儿子安宝儿，吹着风长大。

那年,正是那年,柳蒿芽半绿高冈的时候,十五岁的长着狼眼睛、牛脖颈的安宝儿,不见了,怎么找也找不着了。安代一急,成了老安代。

过了三年,贩皮子的老西子来了。老西子一听安宝儿不见了,惊得踹翻了火架子。老西子说:"坏了,可坏了!这孩子是去找大海了!"

"找大海?"

原来爱显摆见识的老西子,吹牛说到过大海,还见过大海螺。安宝儿曾问这问那,又给老西子灌了酒。老西子说:"大海远在三千里外。"这不是错话。要命的是,这老西子随手一指,说了大海的方向——他指的是东方。

在嫩江草原,一千人没一个见过海的,可是,全知道大海是在南方,没听说东方有海。

草青草黄,冰结冰消,只一晃儿,弯腰驼背的老安代,过八十岁了。这人整天背对朝阳,蹲沙冈上看嫩江翻浪。天天如是。嫩江成冰,他就走上江面,踩雪橇子游荡。

雁叫招云,湿风带雨。这一天,蹲在柳丛后的老安代,见牧人安顿了马群,就从一拐一晃换成英雄步,走出来招手:"抽口烟,歇歇。"

牧马人一见八十多岁的老安代,心里多出好几种味道。这人太老了,人人得敬着;这人讲话太絮烦,像酒后硬灌的白水。

老安代冲牧人一矬身子,笑笑说:"知道吗?其实,往东走,也有大海。"这话,百里江岸男女老少全听厚了耳朵。大家全附和着,全微微笑着,心里全在说:"安宝儿,是条汉子,可是他走错了方向。"

是啊,掐指算来,安宝儿也过五十了。跟他光屁股一起长大的,也是老人了。人人可怜着老安代,人人认为这就叫魔障。

老安代拿出已经摩挲得浑圆的海布楞,凑近牧人说:"要是不中枪子,吹出的声音,那真是壮气。"说着,又凑近些,想让牧人看他的海布楞。牧人假装有马出群,打马跑了。

老安代抚摸着浑圆的海布楞,仰脸自己说:"要是不中枪子,吹出的声音,那真是壮气。"

正絮烦着,老安代忽然大叫:"啊——呀——"在草地上翻滚起来,跑起来,大叫:"听到没有？ 听到没有？"

牧人见老安代五官都移了位置,只得勒马静听。牧人说:"风声,贴地风。"

"不是,不是!"

牧人跳下马,侧耳又听,他惊讶了:"这春尾巴,怎的有了秋声？"

"再听。"

牧人伏地再听,大叫:"似有马队!"

老安代奔跑起来,朝那声音喊:"海布楞——海布楞——"

群马踢腾,百鸟冲天,牧人冲老安代喊:"可不好了! 有兵马杀来!"

老安代扯住缰绳说:"不是兵马,是海布楞。"

牧人将信将疑,二人朝声音跑去。渐近声渐小,后闻断气之声。二人奔到钻天杨下,只见一个长发遮肩盖脸、衣裤破烂的人,四肢僵直,倒在沙砾上。

那野人,忽地跳起,怪声嘶哑:"这,可是梅里茨屯?"

二人点头。

"可认得,安代老爷?"

"我……我……我就是! 你是安宝儿?!"

那人捧出只大海螺,倒地叩头:"爷爷,爷爷! 你吹,是我爹给你的。"

纸做的爱情

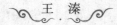

王　溱

原本,你只是画家脑中一团混沌的构思,谢天谢地,他终于把你画了出来。

你爱美,却做不了相貌的主。他爱长发,你便青丝及腰;他爱柳叶眉,你便双黛如弯钩;他爱丹凤眼,你便眼角华丽高翘;他爱白色,你便一袭白裙随风飘。

他爱上笔下的你,你爱上画你的他。他为你作的情诗还没落到笔尖,你就被突如其来的风拽上了天。

画家急急伸手去抓,只轻触到你的一角,那惊慌的眼神和伸长的指尖,在你瞪大的丹凤眼中烙出一个大大的叹号。

你短暂的初恋就这么结束了,你不甘心。可你只是一张纸,你拒绝不了任何风。

你轻拂过枝头,眼巴巴地看着苹果掉落,砸中一个冥思苦想的脑袋;你穿梭过都市的霓虹,灯光映照下,你的裙裾不断变换颜色。最终,你啪一声贴到了挡风玻璃上,车里的商人瞥见了你眼中的内容,罔闻震天的喇叭。

他的脸棱角分明,鼻梁高耸;他西装革履,风度翩翩。这足以弥补他乘坐的是宝马而非白马。

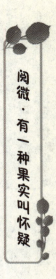

他把你放入水晶框，挂在客厅最显眼的位置，来来往往的客人，无不啧啧称赞。他们说你必定出自名家之手，一定价值不菲。你有些慌，却瞥见他跷着二郎腿，似笑非笑。

无人时，他会拿放大镜细细地端详你。你害羞地别过脸，不敢看那圆片后巨大的眼睛。你想了解他，希望他能跟你说说话，可是他只是看，只是抚摸，一句话也不说。哦不对，他说过一句：真漂亮。

可不久他就看腻了。他拿回来一张新画，画上的女孩穿着精灵般的舞衣，舞起来天旋地转。你被从画框中拿了出来，揉成一团。你只是一张纸，很容易揉成一团。

很快，你被捡到一双大手里，摊开。你以为是他回心转意，却看到一张陌生的脸，国字脸，塌鼻梁。那是刚好上门维修的水电工，他把你藏在工具箱内带回了家。

你的新家很小，只有原来的厕所那么大，并没有合适的地方可以挂画。他把你卷成一卷放在床头，睡觉前都会摊开来，对着你灌着啤酒说着话。

他说，他曾定过门娃娃亲，那女人也是丹凤眼。

他又说，他认识几个厂里的妹子，可她们聊的不是东家长就是西家短，太俗了，他一个也瞧不上。

有时，他也会说一些荤段子，羞得你恨不得卷起来。

时间一天天过去，他的一切，你都了如指掌：他月月给老家寄钱，他喜欢嚼青辣椒，他抽的烟一盒四块八，他洗澡必用香皂，他迷上一个雇主家的小保姆，他看见小保姆进了雇主房间……你已经不记得画家，忘了商人，你甚至想变成田螺姑娘，可以为他洗衣做饭。

直到有一天，你无意间看到了电视：电视上的画家还是白净得像馒头，虽然已经发了酵。

你的记忆又被一阵风撩拨起来。你一遍又一遍地猜想：画家当初写给自己的，到底是怎样的情诗？是关关雎鸠，抑或是金风玉露？

你神游了。你的脑袋里塞满了情诗。你执拗地认为，你必须去找他，你们会在浪漫的烟花下重逢，你要在他怀中，燃尽纸做的躯壳，结束烟花般灿烂的生命。

可是，你只是一张纸，没有合适的风，你哪儿也去不了。况且，你早已不是原来的你。他油乎乎的手已经在纸上留下无数个洗不掉的印记，你身上的皱褶就是用熨斗也无法熨平，你白色的裙子变成了灰色，上面还有一个洞——是他的烟灰不小心掉落烫的。

你忽然恨起了风。如果当初没有那一阵风，如今会是怎样的光景？

哦，女孩，我不得不告诉你，风还是待你不薄的，至少，它没有把你挂到某棵树上，风吹雨打尸骨无存。就算没有风，画家还会画出许多跟你一样漂亮的丹凤眼女孩，她们或精舞蹈，或擅琵琶，你很快会被遗忘。

或许，你还有另一种结局：当初画家拽住了你，风一扯，你刺啦一声成两半，即刻香消玉殒。

你怪我狠心，横竖不肯给你个童话般美好的结局。你只是一张纸呀，一张纸可不就是轻飘飘的命。再说了，我不过是你梦境里一个旁白的声音，我什么也做不了。

哦对，这只是一个梦，此刻你惊醒过来了，你有血有肉，曼妙的身体裹着一袭白裙。你身旁放着一个画架，上面画了两条分叉的小径，你不知道它们通往何方。

该走哪条路呢？你闭上丹凤眼冥思苦想，忽然一阵风起，树上掉落一个苹果砸中了你，你恍然大悟。

你做了个决定。

你将会是掌控着笔的画家，而不是一张美艳的画。

翻花舌头

乔 迁

刘三婆是我们村的媒婆,特有名气,我们村娶妻嫁女找她,方圆几十里的村子娶妻嫁女都找她。

早些年的乡村,婚姻大事,除了爹娘做主,还得靠说亲的牵线搭桥。刘三婆牵线搭桥的事做得最好,几乎是牵线一对成一对,搭桥一家成一家。刘三婆因何有这样的能力? 靠的就是她的一张嘴。刘三婆的嘴里,有一条特别灵巧的舌头,说起话来上下翻飞,天花乱坠,村里人都说刘三婆的舌头是翻花舌头。

谁家儿子想娶媳妇了,姑娘该找女婿了,都会说:"得找一下刘三婆了啊!"

老于家二小子到了娶亲的年纪,可我们村的姑娘没有想嫁给他的。为啥? 因为这于二小子孬货一个,属于干啥啥不行,吃啥啥不剩的主。于二小子的爹妈就拎着一份厚礼来找刘三婆。看见礼物,刘三婆就知道于二小子的爹妈干啥来了,立马说道:"老哥老嫂,您的礼可别放下,一个屯子住着,这不是打我的脸吗! 二小子是你们儿子,你们比我清楚这孩子,还真是让我为难。"

于二小子爹妈赶紧把礼放在炕上,而且不容分说地推到炕里面。刘三

婆要上炕往下拿，被于二小子妈死死拽住了："他姑啊，还要我们两口子给你磕头呀！二小子的亲事也就你能给说成，你能看着你侄儿一辈子光棍儿呀！"

刘三婆不上炕往下拿礼物了，其实要上炕往下拿礼物也就是做做样子，让于二小子爹妈知道给于二小子说亲的难度，她刘三婆要下的气力得有多大。刘三婆哀叹一声说："可不，二小子是我看着长大的，这孩子就是熊了点儿，也是个老实孩子，我哪忍心看着他打一辈子光棍儿呀！不过，咱们屯子是不好找了，我去别的屯子给他说说看吧！说着了，你们别谢我；说不着，你们也别怨我。"

于二小子爹妈感恩戴德地说："只要你出面，哪还有说不成的亲事啊！亲事成了，让二小子给你拿份大礼。"

刘三婆一挥手："回去等信儿吧！一两天就给你们信儿。"

于二小子爹妈连忙起身，一再感谢，出了刘三婆家。老两口半信半疑，这翻花舌头说一两天就给信儿，能这么快？这打听哪有合适的也得一段日子吧，好像有现成的在那摆着似的。

还真就这么快！于二小子爹妈一走，刘三婆立马关了大门，进屋在被垛底下掏出一个小本子，开始翻找合适对象。其实，刘三婆这些年走东屯串西屯的，早把各家的小伙儿、大姑娘的情况都记下了。很快，就圈定了十里南屯的一个姑娘，年龄跟于二小子正好，也合适，不过，得让两家老人都挑不出毛病来。

两天后的傍晚，刘三婆告诉于二小子爹妈，明个儿你们带着二小子到我家和女方见面。于二小子爹妈就傻了一般，惊喜地叫道："真的，这么快就找着了！"

刘三婆敲着腿说："累死我了，腿都快跑断了，总算找到一个合适的。这姑娘跟二小子一般大，但身板比二小子还壮实，也比二小子高一点儿。"

于二小子爹妈立刻揪心道："比二小子还高还壮啊……"

刘三婆知道于二小子爹妈不想找比二小子又高又壮的媳妇，怕二小子受欺负，立刻舌头一翻说："比二小子又高又壮，这是二小子的福分，就二小子的那身板，分家过日子，谁干活儿？不找个能干活儿的媳妇，等着饿死呀！"

于二小子爹妈立刻醍醐灌顶一般，对呀，就二小子干啥啥不行的孬样，还真得找一个能干活儿的媳妇。立马喜笑颜开地说道："可不，正合适，正合适。"

刘三婆又说："这姑娘干活儿那是没说的，就是心眼子比较实，姑娘爹妈怕姑娘受欺负，就想找一个老实巴交的女婿，二小子……"

于二小子爹妈忙说："二小子就老实嘛，熊也是老实，是不他姑？"

刘三婆就笑了，说："也是，熊孩子都是老实孩子。明儿个见面，让二小子给姑娘爹妈点个烟倒个水的，有点儿眼力见儿，也不是什么难活儿重活儿的。"

于二小子爹妈立马保证道："他姑放心，我们一会儿就让他练，保准不能让人说他姑糊弄人。"

刘三婆满意地笑笑，走了。

第二天相亲见面，按部就班，于二小子表现得很好，姑娘的爹妈看得直点头。姑娘虽然长得比二小子高壮，但不难看，稳稳当当地坐在那里，不多言不多语的。于二小子爹妈也比较满意。

看两家老人都露出满意的神色，刘三婆说："如果看着都相中，就定了吧！"

两家老人就忙说道："定了吧，定了吧。"

刘三婆说："那就定了，把喜日子和彩礼都定了，早点儿把婚事办了，两个孩子也都老大不小了。"

于二小子的婚事很热闹，刘三婆自然得参加，坐在头桌，吃得嘴上正流油呢，于二小子的爹妈把她拽进了婚房里，婚房里没别人，只有新娘和于二

小子。于二小子一脸哭相地望着躺在地上的新娘。新娘一脸醉态,显然是喝醉了。于二小子说:"她趁人不注意,拿了一瓶酒就喝了。姑啊,你不说她就是实心眼吗,这不是缺心眼吗!"

刘三婆抹了一下嘴上的油,翻动着有些发硬的舌头说:"她缺心眼,你缺不?"

于二小子摇摇头。

刘三婆说:"那不就得了。她缺心眼但不缺身板,你不缺心眼但缺身板,上哪儿找你们这么合适的一对呀!"

于二小子和爹妈张了半天嘴,也没有说出一句话来。

奇 怪

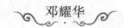
邓耀华

　　襄阳城南的李家庄，住着一户李姓人家，掌柜的叫李老根。李家有两个儿子，大儿子叫疙瘩，小儿子叫宝贵。

　　疙瘩性格木讷，有点儿呆头呆脑的样子，人前人后不喜欢多说话，是典型的憨厚老实、心地善良之人。

　　宝贵就不同了。宝贵生得眉清目秀，嘴巴甜得如同抹了蜂蜜，加上又会哄人，从小深得父母宠爱。

　　俗话说，树大分杈，人大分家。眼看两个儿子都到成家立业年龄了，李老根就着手给他们盖了六间大瓦房。

　　这六间大瓦房一字排开，东西走向，坐北朝南，很是气派。

　　分家时，李老根请来两个儿子的姑父和舅父，做分家的见证人。六间大瓦房，咋样分？当然是两个儿子各三间了。问题是，东边的三间分给谁，西边的三间分给谁。

　　按照当地的规矩，长兄如父，大的住东边，小的住西边，顺理成章的事儿。可是，小儿子宝贵却不同意，他非争着要东边的三间房。因为东边的房子朝阳，地盘敞亮，而且又临路边，出门十分方便。西边的三间房虽与东边的三间房一字排开，但有一面小山坡挡着，环境没有东边的好。

李老根因为宠爱小儿子,也有把东边的三间房分给小儿子的意思。

姑父舅父有点儿犯难了,说这样就有点儿偏心了,不太好吧?东为大西为小,这是老规矩,离了规矩就不成方圆了。

李老根说,规矩是死的,人是活的,你们给疙瘩说一说,他是老大,叫他让一下弟弟嘛。

姑父舅父平时也非常喜欢宝贵,就没再坚持什么规矩不规矩的。他们给疙瘩一说,疙瘩想都没想就点头同意了,还说,反正都是房子,住哪儿都是住,东边的三间,就按你们说的办,分给宝贵吧!

分家分得很顺当。

大儿子疙瘩住进了西边三间房,小儿子宝贵住进了东边三间房。

分家后,奇怪的事发生了。

庄里人突然发现,李老根盖的这一溜六间房子,不是一般的高矮,西边的三间要比东边的三间高出一砖,远看近看,都非常显眼。

话传到李老根耳朵里,他不相信。盖房子时,六间房子弓打丈量,而且做了平水,房基一样平,房梁一样高,屋梁用的是一样的檩子,咋就会西高东低呢?待他走到房子的正前方,回头一看,傻眼了,西边的三间房果真比东边的三间房高出一砖。

李老根不相信,回去找了尺子,上上下下量了一次,不错呀,是一般高呀!但折回房子正前方,回头再看,还是高出一砖。

更奇怪的事还在后头。

打小儿子宝贵住进东边的房子后,一遇刮风下雨,就漏雨不止。

房子上边明明没有漏子,咋就会漏雨呢?

请人把房子翻修了一次,还是漏雨。

再翻修,仍然漏雨。

小儿子宝贵就怪起李老根了,爹你盖的是啥房子?西高东低不说,还漏雨,咋叫人住呀?

李老根说，我也正犯嘀咕，还真是奇怪了。要不，你跟你哥换了房子吧。

宝贵正有此意图，就顺水推舟地说，爹，这事你做主吧，你说咋办就咋办。

李老根把换房的事跟大儿子疙瘩一说，疙瘩又是想都没想就同意了，还说，反正都是房子，住哪儿都是住，宝贵他想换，就换过来呗！

房子换了。疙瘩搬进了东边三间房，宝贵搬进了西边三间房。

回头，李老根和庄里人再看一溜的六间房子时，西边三间不高了，东边三间不矮了，整整齐齐高矮一致。

李老根不相信自己的眼睛，使劲揉了几下，再细细看了几遍，没错，真的是整整齐齐高矮一致。

过了几天，天降暴雨，一连下了三四天。李老根和小儿子宝贵找借口去了疙瘩屋里，抬头一看，奇怪了，疙瘩换过来后，这房子又没翻修又没怎么的，下这么大的雨，咋就一点儿也不漏雨了呢？

天　眼

梅　寒

　　"怎么说呢……你说这事儿弄的……真不知道从哪里说起……"他小学生一样坐在我对面的沙发上，勾着头，左手搓右手，右手搓左手，吭哧了半天还是没扯到正题。时近深秋，屋里气温很低了，他黝黑的额头上却沁出一层亮晶晶的汗。

　　抬头看一下墙上的表，下午五点半，离下班时间还有半小时。他可真能磨蹭，一句话憋了十几分钟还没憋出来，桌上我给他接的那杯热水都已经凉了。

　　"您别急，慢慢儿想清楚再说。"这一句话，我重复了几遍。我起身又给他的纸杯里续了点儿热水，"喝口热水润一下。"

　　我对眼前这个男人的耐心连我自己也吃惊。很显然，这已经远远超出了我的职业道德范畴。我的这份耐心，大约源自他的外貌——他那老实巴交的样子让我想起远在乡下的父亲。那满头灰白而蓬乱的头发，额间深深浅浅密布的皱纹，尤其是他那双手，那算是一双人的手吗？粗大的关节，如老树皮一样粗糙的手背，布满着老蚯蚓一样的青筋，指甲磨秃了，却能清晰地看见指甲缝填满污垢——那是一双经历了多少风雨磨难的手呵。

　　"嗯嗯，谢谢您，王警官……我说……我是来认罪的……"他抿了口水，僵硬的舌头在双唇外努力转了一圈,终于拐上了漫长的回忆之路。

"那还是十年之前,我在咱们镇上做水果批发生意……嗯,那时候,您估计还没来,咱派出所还没盖起这三层楼来,那时候还是个四合院……那天晚上,快收摊儿的时候忽然下起了一阵大雨,我和老婆提前就收摊儿了。那个包就是在我们收摊儿时发现的,一个黑皮包,鼓鼓囊囊的。当时因为急着收摊儿,也没想着打开看看,就把它带回家了。带回家,带回家……咳咳……"讲到这儿,他流畅的语速又变得迟缓阻滞起来。

"别急,您慢慢儿说。"我又站起来给他续了点儿热水。他抿一口,接着讲下去:"带回家后,我和老婆就把那包打开了。一打开,我们两个都吓傻了啊,整整齐齐五大捆啊——五万块。当时,我们在小镇上做一年的水果批发生意也赚不到那么些钱……"

男人的头再次低下去。他变戏法似的从肥大的粗布劳动服里拿出一个黑色的皮包来。"就这只皮包,跟了我们十年了……可我们一分钱也没敢花。"

从男人断断续续并不顺利的讲述里,我总算弄明白了男人的来意:十年之前,他无意中在自己的水果摊位上捡到一笔五万块钱的巨款,一时起私念,将那五万块钱据为己有,却又不敢动那包里的一分钱。他把那包藏了十年,最终还是来找我们,让我们帮助寻找那笔巨款的失主。

怎么说呢?看到那个包时我的心情极复杂,我怎么也不会把私吞别人五万巨款这样的事情与眼前这个看上去老实巴交的男人联系在一起。那个黑色皮包的出现,让他先前在我心中树立起的父亲形象轰然倒塌。

"哦,那需要做个笔录。"我开抽屉,找纸找笔。

"可算是交出来了,这块石头在俺心里压了十年了……十年啊……"男人猝不及防的哭声再次把我的思绪搅乱了。我从没有看到一个男人哭得如此伤心畅快。他把一双关节粗大的手插进灰白的乱发里头,肩膀一耸一耸,就从沙发上滑下来,实实地蹲在了地板上。"人欠啥债也不能欠良心债啊,

这五万块钱跟火炭儿一样天天烧心……俺天天夜里睡觉,就觉得头顶上有双眼在盯着俺……"

男人继续往下讲,竟然再一次扭转了他在我心目中的形象,那个倒下去的男人,又一点儿一点儿从旧日的光阴里立起来。他说:"拿了这五万块钱之后,我们也不敢再在这镇上待了,就把家门一锁,到外面打工去了……这十年,我跟老婆什么苦活儿累活儿都做过,给人洗盘子洗碗,去养殖场给人养猪……前年,我老婆病了,胃癌,可她死活不让我动那笔钱,她让我早晚都要找到这钱的主人。可惜,她看不到这一天了……"

讲到现在,男人似乎才真正放松下来。窗外,夜色已经漫上来。单位的同事差不多都走光了。他手里的纸杯里,水早已凉透。他脸上的泪也干了。执笔而待的我,却没在面前的纸上落下一个字。现在,喉咙干涩心潮起伏的是我。

"我回去了。谢谢您,王警官,希望您能尽快帮忙找到钱的主人。"卸掉心上的巨石,男人与来时好似换了一个人。他脊背挺直,声音清晰洪亮。他大大方方伸出那双粗黑的大手来跟我握手道别。握得我骨头都发麻。

他走到门口时,又转身停住,回头淡淡地跟我说:"王警官,有个细节我没跟您说,原本不想说的,想想还是说了吧。那天我跟老婆发现包里有五万块钱,也没想着私吞的。我们想了一晚上,想起来那天下午曾有两个老板模样儿的人在我们摊儿上买过水果……可是第二天上午,俺想去还钱时,那两个老板说他们包里装的是八万块钱……八万块,俺拿什么还?"

男人没再往下说,转身融进了黑沉沉的夜幕里。

那五万块巨款,我们已将失物招领在县电视台、市电视台轮番播放了好多天。无人认领。

喷香的豉汁排骨

申 弓

经过一番辗转，我回到了居住的城市，回到了自己的家。放下行囊，肚子有点饿了。打开冰箱，空空如也。这也不能怪别人，因为回时并没有通知任何人，厉行节约是应该的。

于是步出小区，走向街道。现在的都市，处处繁华，尤其是餐饮业，大饭店、小餐馆鳞次栉比，应有尽有。前面有家砂煲饭小店引起了我的食欲。店不大，也就一个铺面，品种却不少，有海鲜煲，有肉类煲，有山珍煲。我看上了一款豉汁排骨煲，标价十二元。这在现在的都市，不贵。便点了一份。稍坐一会儿，里面传来了阵阵香味，是我所熟悉的豆豉香味，让馋食之虫直钻肠胃。一份热腾腾的砂煲饭捧至面前，有香菇，有胡萝卜，有排骨，有豆豉，还有几片青菜，真是色香味俱全。

趁热吃。不知道是因为肚子饿，还是因为下料精，我觉得丝毫不比大饭店的差，甚至觉得在大饭店花几百上千元也没有吃得这么美。

当一煲饭吃得差不多了，便想到了买单。一摸衣兜，瘪瘪的，坏了，换衣服时忘了带钱包。一个十分急迫也十分现实的问题摆在了面前：怎么办？虽然这里离家不过几百米，可人家不认识我，信得过我吗？再一自顾，我一不戴劳力士表，二无金银饰物，三无鳄鱼挎包，四无老人头皮鞋，一身布衣。

当然手上有只手机,还值几百块钱,但那是时刻不离的工具。我只好硬着头皮跟老板说:"老板,我就住前面街上,出门太急,忘了带钱包,我回去取来,信得过我吗?"作为作家,我想在这里先卖个关子。按一般常理,也许有人会说,申作家又要演绎一出"滴水之恩,涌泉相报"的故事了。

按理是有这个可能。那女人看了我一眼,然后淡淡地说:"行,你走吧。"

这不由我不激动。一位素不相识的女人,居然相信了我,凭的什么? 我没有不激动不感激的理由。出门时,我给她留下了一张名片。她接过连看也不看便要推还给我,说:"不用的,不就是十二元吗? 你能提得出来,我也可以放得开。"

这时,从里间走出一位男士,身上带着一股油香,我想一定是师傅。他从女人手上拿过名片,认真地看了一下,说:"嘿嘿,还是个作家咧,只是本人不读书,还是钱有用。"说着塞还给我。

"我也不是不给,是回去取来,也就百十米远。"

"可你走出这个门,谁能担保你还会回来?"

"你看我像吃白食的吗?"

"额头没刻字。"

"那该怎么办?"

"打电话呀。"他向我的手上乜斜了一眼。

"算了,老板,让他回去取吧,我都答应了。"这时,那女人过来说。

"你答应? 有没有搞错,你是老板还是我是老板?"

我这时才搞清楚,他不仅是师傅,而且还是老板。我没有怪他,毕竟在这个不足二十平方米的领地,是他做主。

"可是,家里没人。"我说。

"还有朋友啊!"老板说。

"就为这十二元,惊动朋友们?"

"这我不管,只要走出这个门,我就是受害者了,不是我不通融,这种事我经历多了。"

"行了,老板,先记在我的账上。他不来,在我工资里扣。"那女人如是说。

"哦嗬! 你倒大方,假如再来几个,你的工资能垫几个?"

"垫一个是一个吧。"

"垫一个是一个",这话有点耳熟,在哪儿听过? 想不起来,却想起了一个小故事,说一个小孩子在浅滩上将满地的小鱼抛回水里,别人劝他不要徒劳了:"这满地的小鱼你能救多少?"小孩子说:"能救一条是一条吧。"当然,我也不会责怪那男人,其实这才是老板,这才是经营。在这诚信丢失的年代,他凭什么相信一个陌生人? 怪只怪我自己粗心了。

我回头看了一眼那个女人——那位忙碌的阿姨,然后加快了步伐,逃也似的往家里赶。

责　任

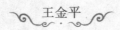
王金平

　　邢爱通在街里闲逛，他穿过邢州路，来到新兴街，不由自主又拐进了东牛角菜市场。

　　东牛角菜市场不大，却一派繁忙景象。卖蔬菜的、卖瓜果的、卖海鲜的、卖肉的应有尽有，县城这方圆两公里的居民，一日三餐大都来这里采购。邢爱通喜欢一个摊儿挨一个摊儿地转，至于买不买，对他来说并不重要。

　　见了邢爱通，摊主们有的一脸漠然，有的皱起眉头，有的讪笑一下，变着法讽刺他。

　　"邢主任亲自检查工作来啦？"

　　邢爱通点点头："嗯！出来转悠转悠。"

　　菜市场最北头那个摊点，是一辆三轮车，车斗上边堆放着一些时令蔬菜，诸如菠菜、小油菜、小白菜之类，最下边是土豆，土豆已经发芽变质。

　　摊主是个留着毛寸的小伙子。旁边有个中年男人，正伸手拿起两个土豆看。

　　邢爱通停下了脚步。

　　邢爱通说："你这土豆……"

　　邢爱通刚说了半句话就被毛寸小伙子截住了："我这土豆便宜卖！"

邢爱通严肃地说:"你这土豆发青,不能卖!"

毛寸小伙子瞪大了眼睛:"老邢,你已经退下来了,管这闲事干啥?"

邢爱通一愣。稍停,他反问道:"退了咋样?"

毛寸小伙子瞪他一眼,没吭声。

这时,旁边那个中年男人问:"土豆多少钱?"

毛寸小伙子立马变成一脸笑容,说:"便宜,别人卖多少钱,我减半。"

那个中年男人听了,兴奋地说:"车上的土豆我全包啦!"

邢爱通问:"你是哪儿的?"

中年男人一边拨拉土豆一边说:"我是饭店的。"

"哪个饭店?"

中年男人自知失言,抬头眨巴着眼看了看邢爱通,顶撞道:"人家愿卖我愿买,你管得着吗?"

邢爱通一本正经地说:"你看这些青土豆,是发芽的,吃了会中毒。"

邢爱通接着又说:"如果是你家人去饭店吃饭,你肯让他们吃这土豆吗?"

他们不再理他,一句也不理。

邢爱通拂袖而去。

刚走出东牛角菜市场,邢爱通站住了。一寻思,他又转身回来了。

邢爱通远远看见,毛寸小伙子一手扶车把一手拉车帮,进进退退正在调头,那个中年男人帮着又推又拽。接着,毛寸小伙子发动三轮车,那个中年

男人坐到了他的车上。

三轮车挤过狭窄的通道,向菜市场西口缓慢驶去。

邢爱通快步来到马路上,拦了一辆出租车,紧紧盯住目标不放。

拐来拐去,那辆三轮车停在了福满厦酒店门前。邢爱通远远看见,从酒店里出来几个人,手里拿着竹篓和筐,把三轮车上那些青土豆都抬走了。

邢爱通掏出手机,拨通了县食品药品管理监督局食品监督科的电话。

第二天,邢爱通又拨通了县食品药品管理监督局食品监督科的电话,询问昨天举报一事的结果。当得知他是举报人后,那边的人告诉他,昨天一接到举报电话,他们就立刻行动,在福满厦酒店查出了那批青土豆,当场销毁,对酒店予以一万元罚款,并建议酒店开除那名采购员,下一步,他们还要对青土豆的销售人进行查处。

这么一说,邢爱通悬着的那颗心,才算落了地。

过了几天,邢爱通去东牛角菜市场转悠,又碰到了那个卖菜的毛寸小伙子。

毛寸小伙子皱起眉头,问:"老邢,你早已不当食品监督科的科长了,清心安度晚年多好,又何必找茬呢?"

邢爱通不紧不慢地回答:"食品安全人人有责,这咋能是找茬?"

毛寸小伙子听后,一抱拳,像变了一个人似的说:"鄙人领教了,从此,一定改邪归正!"

毛寸小伙子说这话时,露出一脸的真诚。

三炮叔进城

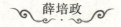
薛培政

匠人三炮叔,自小食量惊人,发育又快,敦实得就像村口那三座炮台。不识字的父母,只盼他长得结实好下力,便为其取名"三炮"。

对着小区居民说起自己名字的来历,他那爽朗的笑声,震得周围树上的树叶沙沙作响。

看上去膀大腰圆的三炮叔,却精于磨剪子戗菜刀。头三十年里,就靠这功夫,他养活了一家子人,还盖起五间红砖瓦房。有眼热的乡邻戏言,大旱三年饿死老家贼(麻雀),也饿不死张三炮啊。

近些年,上了岁数的三炮叔,虽说不再以此撑立家业,但守着这门手艺,大钱没有,小钱不断,吃穿不愁,日子过得倒也知足。

怎奈,前年秋后,不安分的幺儿两口子嫌种地挣钱少,非要到省城打工,小孙子由谁带成了难题。本不愿进城的三炮叔,经不住儿孙缠磨,就和老伴儿也跟来了。老伴儿照看孙子兼做一日三餐,他每天除了买菜,别的也插不上手,就嫌这日子太无聊。

在家闷得要上火,老伴儿就劝他出去透透气。在小区外,他偶遇一鞋匠,听说也是被儿子拽进城的,刹那间,就像遇到了知音。

那鞋匠说,这人老了不能闲,尽量找个事干,一来可活动身子骨,二来还

能补贴家用,也好减轻孩子的负担。

他听着这话很受用,就觉得句句说到了心坎里。早上听了鞋匠的话,上午就急着回乡取家伙,次日便忙着开张了。

心急终究吃不了热豆腐,他铆着劲儿放出的第一炮,竟哑火了。

当他还像以往肩扛手提那套磨具,走进一巷口摆开摊后,刚扯着嗓子吆喝了一句,旁边小区里就有人不乐意了:"咋呼啥?俺,谁在咋呼咧?"就见两个戴红袖箍的大妈,火烧屁股一样跑了过来,连推带搡撵他走,疾言厉色地埋怨:"摆摊也不拣地方,影响了社区'创文',你担得起吗?"

"咦,就你们城里人爱讲究,这是找碴儿讹人吧?"三炮叔虽不服气,但谨记和气生财,只得扛起板凳走人。

不一会儿,他转到一新建小区前,人还没站稳,小区保安就朝他嚷开了:"哎——那老头!看什么看,就说你哪,没看见这阵子搞卫生大检查吗?这地儿不准摆摊,呃,赶紧走!"刚把流动菜贩撵跑的那俩城管人员也帮腔道:"嗨!要说这乡下人哪,进城只顾赚钱,摆摊设点也没个规矩,从不在乎咱这城市干净不干净、好看不好看。"

"好看能顶饭吃,还是好看能当衣穿?没人摆摊设点,你们城里人喝风去?"一天下来,钱没挣到,气没少受,三炮叔心里窝火啊。晚上回到家,三炮叔抽起闷烟来,等把烟抽够了,愁眉也渐渐舒展开了。

次日上午,三炮叔放下行头,便朝商都公园走去。

商都公园是老年人的天地。不出半天,他便与人混熟了。当试探着说出想法后,就有人支招,说老旧小区对流动摊点管得不严,住的又多是中老年人,去那里磨剪子戗菜刀准有生意。

受人指点的三炮叔顿时感到心里一下子轻松了,猛然觉得回家的路也宽了一大截子。

几天后,城南那片老旧小区内,人们便听到了那久违的吆喝声。

开了张的三炮叔,很珍惜这份活计,他使用的磨具是最原始的那种磨刀石,干起活儿来全是手工操作。有人劝他买台砂轮机,靠砂轮片打磨刀具,既出活儿又省力。他似乎并不认可,说这磨剪子抢菜刀是个细活儿,一道工序都不能省,尤其是刀刃与磨石的角度必须拿捏准确,磨出的刀具才能锋利耐用。

他做工精细,人又健谈,一来二往,就与那些小区居民混熟了。平时,每磨一把菜刀要五元、一把剪刀要三元,也很少有人还价,一天下来能挣上七八十元。看他忙得手脚不识闲儿,有居民便从家拎个暖水瓶放在旁边;有时到晌午他没忙完,有人还从家里给他带些吃的。遇上那些老年人送来的菜刀剪子,他也会少收块儿八毛的。

闲下来时,三炮叔也爱在小区扎堆儿聊天。久了,他就觉得这城里人其实挺热络,并不像他想象的那样冷漠,倒觉得自己当初心眼小,误解了人家。渐渐地,他就喜欢上了这座城市。

忽一日收摊前,他看见小区居民排起了长队,上前一问,有个下岗职工的孩子烫伤入院,因医疗费缺口大,社区在组织居民募捐。他也想上前捐款,可人家见他年龄大,又不是辖区的住户,就婉拒了他的好意,他竟猛然感到一阵失落。

次日,他见小区又排起了长队,二话没说,放下板凳就走到捐款台前,从上衣兜里掏出了一大把零钱,那是他前一天的收入。他生怕再次被婉谢,名字也未登记,放下钱就走。

望着那一堆零钱,在场的人唏嘘不已,纷纷投去赞叹的目光。

又过了几天,在社区张贴的慈善捐款榜上,三炮叔看到了自己捐款的照片。那一刻,他就觉得自己融进了这座城市,尽了份新市民的责任。

错过的风景

崔 立

1

周凌峰刚来商务区核心区时，这里还是一片烂泥地。一场春雨刚刚下过，泥地上印着一个个深深浅浅的足迹。

这里，未来要建起一座世界一流的商务区。

离开牙牙学语的女儿，从另一个遥远的城市来到这里，周凌峰的内心是犹豫的。来吗？周凌峰看着粉嘟嘟的女儿和一脸难舍的老婆，狠了狠心，来！来到这里，不仅职位有大的提升，收入也是成倍地增长。

周凌峰还决定，拍下这里变化的一幕幕，给女儿看，让女儿知道，她父亲如何将这片土地建设成为璀璨夺目的商务楼。

对着这片烂泥地，周凌峰摁动快门，拍下了商务区的第一张照片。

2

打桩机发出轰隆轰隆声，像是随时要将这片土地撞翻掉一般。周凌峰戴着安全帽行走在工地之间，不时有工人朝他打招呼，他也挥挥手。

女儿已经会在微信视频里说话，喊："爸爸，爸爸……"

声音稚嫩,但那稚嫩的童音足以让周凌峰沉醉。

时不时地,周凌峰拍下打桩时的一幕幕。一个个桩基打下去,打下的是商务楼的未来。若没有这桩基,商务楼又如何能够牢固地树立在那里呢?

周凌峰隔几个月回去一趟,往往是在家屁股还没坐热,老板的电话就来了:"凌峰,你回家了? 早点出来啊,工地上可少不了你。"

周凌峰说:"老板,你放心吧。"

放下电话,周凌峰就去买机票,坐着飞机,又回来了。

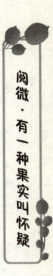

3

在做地上建筑了。

周凌峰站在工地现场,不时地看着图纸。

下属老徐跑来,说:"周总,出事了!"

周凌峰说:"什么事?"

老徐说:"那批水泥,上次说好的时间,眼看就要上马了,还是没到。"

周凌峰说:"我知道了。"

周凌峰打了若干个电话。

周凌峰说:"赵总,是我凌峰,有个事想请你帮个忙,就是水泥……"

周凌峰说:"刘总,是我凌峰……"

在打到第七个电话的时候,水泥问题终于得以解决。

这事刚完,下属老杨也气喘吁吁地跑来,说:"周总,有一个事儿……"

忙忙碌碌,周凌峰停不下来,拍照、和女儿视频聊天,都已成为奢想。

那一晚,老婆不无遗憾地埋怨:"怎么这么晚? 你看女儿早就睡了。"

镜头里,女儿仰躺在被窝里,嘴角微张,甜甜地睡,枕边是一只绒毛兔。

4

项目推进远比想象中的难度大。

外立面,老板要做成法式风情。这说起来容易,操作起来却难。

对着图纸,周凌峰拍了桌子,说:"这样的设计你们觉得能过关吗?我希望你们每个人都要有一个责任意识,给我把好这个关!你们觉得不好的,就直接给我改过来,为什么非要到我这边改呢!"

眼前十几个团队的成员,一个个面色严肃地站在那里,大气都不敢出。

还有招商,周凌峰也是主角。

项目是个窝儿,商是鸟儿,你不引鸟儿进来,他们能自己飞进来吗?

那一天,周凌峰从上午一直谈到下午,跑了好几个点儿,谈了八个客户,午饭没吃。下午五点多,回到项目部和几个约定四点见面的客户谈时,一个下属递进来一些糕点,周凌峰随手抓了两块饼干吃下,算是充饥。

晚上,周凌峰和女儿视频聊天。

女儿说:"爸爸,你瘦了,好像也老了。"

周凌峰鼻子微酸。看着视频里的女儿,周凌峰才恍惚想起,女儿都上幼儿园了,女儿长大了,也懂事了。

5

项目正式开业那天,周凌峰无疑是最开心的那个人。

周凌峰的开心,不仅在于这是他负责建成的商务楼,更在于,他的女儿也来到了这里。

周凌峰陪着女儿，从商务楼的一楼，到六楼，周凌峰不无遗憾地说："你还记得我给你拍的商务楼还没建成时的照片吗？"

女儿摇摇头，说："不记得了。"

周凌峰说："可惜后来太忙，就没时间拍，真的是错过了。错过了好多精彩。"

周凌峰说着话，不经意间看到女儿张开的嘴巴里，上面长出一颗新牙。

周凌峰说："你换牙了？"

女儿说："爸爸，这已经是第三颗了呢。我和你说啊，我第一颗牙齿是在刚上幼儿园时掉的，我同学许云峰你知道吗？我上学的第一天见到的第一个同学就是他，这个许云峰可有趣了……"

女儿还说："爸爸，你是还没见过我们舒老师吧，对我们可好了……"

看着滔滔不绝的女儿，周凌峰一脸茫然，他似乎也错过了什么。

注目礼

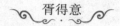

胥得意

那辆草绿色的军车沿着蜿蜒的小路，曲曲折折地转进了村子。在军车刚刚出现的时候，村子里的人们已经奔走相告了。待到车子停下时，路两侧早已站满了男女老少。

车门打开了，依旧是那一张张挂满笑容的脸。那脸上带着春风，也晾晒着太阳的颜色。军车两侧醒目的红十字带给人温暖的感觉，让围在车旁的百姓们看到了健康的希望。

在场所有的人已经记不清涂着红十字的军车是从哪年哪月开始进入村庄的。他们只知道在他们最贫穷、最疼痛、最急需的时候，这辆车总会拉着一车带着天使般微笑的"白大褂"们出现在他们的身边。

几十年了，新车变成了旧车，旧车又换成了新车，新车又渐渐地旧去。车上的人们也是，娇美的面容一点点变得枯苍，健挺的身躯开始逐渐弯曲，但没变的是亲切的笑容，还有那条来来往往的路。

人们向车围了过来。老人的手里攥着还带有泥土芬芳的香瓜，孩子的衣襟里兜着树上刚刚泛红的大枣。

那个老太太在角落里远远地站着，脸上沧桑的褶皱里透着慈祥。

听诊器、血压计、温度计……所有她熟悉的物件一件件地从车上被拿下,有条不紊地摆放到临时架起的简易床上。脸上带着病态的人们依次被扶到床上,然后被春风化雨般的语言询问着,温柔而有力的手在病人的病位准确地游走。

那个女护士的脸上不知为什么有些沉重。她在心里叮嘱着自己:画上一个圆满的句号吧。然后,她冲着远处的老太太笑眯眯地招呼:"大娘,来测一测吧。"

一句简单带笑的回答:"不麻烦了。"

"不花钱的,测一测吧。"清脆的声音再一次发出邀请。

"知道的。"

女护士已经记不清这是第几次看到这个老太太了。每一次,她都是用这样的眼神望她们,打量着医护车。而且,每一次她都是这样回答她们。她在女护士心底埋下了一个谜。

医护车离开村子的时候,女护士透过车窗看见人们镶满幸福的脸上流露着一串串的不舍。这情景,她们看得多了,每一次都是这样。也正是人们的等待和不舍让她们一次又一次守着这个约定,守了三十多年。村人们也在心中把她们当成了生命的守护神。

忽然,女护士看见了一个稍高一点的坡地上站着一个人。从身形上看,是那个老太太。她如同雕塑一般久久地在风中伫立着。她干枯的身体仿佛释放出一种召唤,也蕴含着等待。

女护士悄悄地对身边的老军医说:"那个老大娘有些怪呢。每次来义诊,她都站在一边看,也没什么病呀。"

"有三十多年了。"老军医望着那个身影说。

"她该有六十了吧?"

"我们救她的时候她三十二岁。"

"严重吗?"

"几乎不行了。"

小小说美文馆

"她一定很感激你们。"

"她没读过书，不会说什么感谢的话。可是这么多年，只要我们去她们村义诊，无论多忙，她都会来的，就在远处站着悄悄地看我们。"老军医的声音有些动情。

"是这样？"

"是。虽然她不说什么，但我们知道，她在向我们行注目礼。几十年了。"

"那你们怎么不制止她？"

"这样她的心里会踏实。你细看，她的目光中有关切，有惦念，也有祝福的。"

女护士不语了，定定地看着车窗外渐渐黑下来的天色。忽然间她觉得眼睛有些涩痛。城市的灯光梦境般远远地向她飘移过来。就在城市璀璨的灯光清晰地映入她眼帘的瞬间，她把衣袋里一张即将改变她命运的纸紧紧地攥成了一个团。

那张纸上是一张已经开好的调令。

去北京。

和父母团聚。

肥胖症

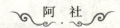

阿 社

公元 2345 年,土豆终于离开了几千年以来他们一直安置在土壤里的家,把家搬到了树枝上。

第一个长在枝头上的土豆睁开眼睛的时候,第一眼看到的是全球闻名的科学家、人称"新生土豆之父"的冉教授。此时的冉教授满脸春风,按捺不住内心的兴奋,正在向记者们介绍他最新的科研成果——颠覆传统的新生土豆。他通过改变土豆的基因,让它像小树般苗壮成长,让它走出土壤攀上枝头,成为挂在树枝上的果实。

对于土豆而言,离开祖祖辈辈赖以生存的土壤,这是一个痛苦的抉择。但是,土豆没有选择的余地,冉教授也没有选择的余地。2345 年的土壤已受到前所未有的污染与破坏,已经不再适合土豆生长。土豆要么接受一个物种灭绝的厄运,要么寻找新的生存空间。而这个伟大的任务当仁不让地落到了冉教授身上。

阳光是那么的温柔和甜美,一群快乐的土豆正在阳光下尽情地欢呼雀跃,它们甚至感慨几千年来先辈们在黑暗和潮湿的土壤里的沉闷生活是怎样度过的。

而在冉教授这个实验农场,冉教授五岁的儿子小豆豆,也在土豆树下嬉

闹玩耍。无疑，父亲的实验农场是他的乐园，聪明伶俐的小豆豆用竹竿打下树上的土豆，当成小皮球来玩弄。更让小豆豆感到开心的是，父亲能将亲自培植出来的土豆，做成各种各样的美味。父亲说，要把天底下最好吃的土豆给他吃。

但是，冉教授显然并不满足于改变土豆生长环境这一成果，即使这一成果已被誉为农业发展史上的划时代事件。

那天，冉教授一边抚摸着圆满滑润的土豆，一边对记者说，不久的将来，这群可爱的小家伙将会长成巨无霸，一个个几十斤的土豆将挂满枝头，亩产三百吨将不是神话。

冉教授还说，人类追求与享受科学技术发展的成果是永无止境的，他也有义务与责任为人类的发展寻求更有保障的粮食。

成为巨无霸？这是土豆们想都不敢想的事情，如今却要在它们身上实现。它们甚至还来不及想象成为巨无霸该会是什么样子时，它们的身体已经在迅速长大。

在身躯不断膨胀的同时，它们的脑袋却在不断地萎缩，笨重的身体不再像以前那样蹦跳，呆滞的眼神看不到往日的一丝俏皮。

土豆正在按照冉教授的培育计划如期成长。但是,令冉教授不安的是,他真真切切地感受到土豆正渐渐地失去作为粮食所应该具有的灵性。

这是一个令人窒息的黄昏,实验农场花红叶绿,五彩缤纷的各种瓜果分外耀眼。

冉教授坐在土豆树下,数着树上的土豆。而曾经欢呼雀跃的土豆们正流着口水,对冉教授报以痴痴的傻笑。这让他想起了吃土豆长大的小豆豆,这段时间以来,小豆豆也在疯狂地长肉,去了几趟医院仍无法控制,仅五岁,体重突然长到六十多斤。

这时的小豆豆,正靠着冉教授的右臂睡觉,口水在小豆豆的腮帮和脖子上恣意流淌。

这几天,冉教授在同样的位置,用同样的姿势一直在思索着同样的一个问题:科学让人类变得更加聪明,而聪明的人类却又常常利用科学干傻事。

想到这里,冉教授抬头望了一眼那硕果累累的一树土豆,又低头无限深情地看了看臂弯里的儿子,一代科学家,竟也无奈地、傻傻地笑了。

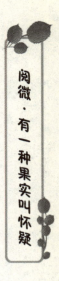

自画像

海 华

他姓石名诚,是个画匠。

他自幼喜欢画画。那年高考落榜,幸有亲友资助,赴省城某画院进修了两个寒暑,归来后在县城开了家画店,干起了为老人画肖像、兼营装裱字画的行当,虽发不了大财,但也足以养家糊口。

常言说,功到自然成。起初,大多是客户带着家中老人的相片上门,石诚照着相片画肖像。后来,也时有客户登门请石诚为家里病重的老人画肖像。无论哪种画法,石诚都能一画一个准:不仅形似,而且神似,栩栩如生,从未有客户说不满意的。有一年秋,在亲友们的再三鼓动下,石诚参加省某画院主办的全省肖像画大赛,一路过关斩将,愣是把金奖奖牌抱回家,众评委对其获奖作品的评语是:形神兼备,完美无缺。

后来,石诚喜得一子,取名大刚。许是遗传所致,大刚打小也喜欢画画,长大后子承父业,帮父亲打理画店。

光阴似箭,石诚转眼已年近古稀。就在他七十岁那年夏天,子孙们摆酒为他祝寿。席间,正上初中的孙女文秀口无遮拦地说,爷爷,前些天,我听一些街坊私下说,你这辈子为这么多人画过肖像,好评如潮。现已一把年纪,却从未为自己画一张肖像。

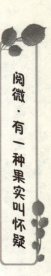

大刚呵呵一笑说,那是,那是。

哦?看来,是该给自个儿画张肖像了。石诚笑道。

读高中的孙子文生带着半是揶揄的语气说,爷爷,那敢情儿好。这可是你的第一张自画像,也是咱家的传世之作哦,我们期待着。

文秀立马附和,对对对,爷爷是全省大名鼎鼎的肖像画家,为自己画的肖像一定完美无缺。

石诚笑了笑,内心估摸着,这大半辈子都是干这营生,为自个儿画像,岂不是小菜一碟。可是,画布一展开,一提起画笔,孙子孙女说的"传世之作""完美无缺"的话语,以及街坊们的议论,不断地在耳边回响,稍一走神,顿觉画笔不如往日那么听使唤了……

第二天,子孙们围坐在一起,观看石诚的自画像。石诚咧着厚嘴唇直笑,哎,你们看看,咋样?挺棒的吧?

话音一落,子孙们面面相觑。少顷,文秀快嘴快舌地说,爷爷,我咋觉着像老爸多些。文生嘿嘿笑道,我看更像年轻时的爷爷。

大刚思忖片刻,悄声问,爸,我看你昨天是照相片画的,那张相片是啥时候照的?

唉,前天我翻箱倒柜,找不到近照,只寻得二十多年前的一张相片。石诚讪讪一笑。

大刚轻轻地"呵"了一声,又微笑着说,爸,你照着镜子再画一张试试?

石诚轻轻地"嗯"了一声。

奇怪的是,当石诚对着镜子给已满头鹤发的自个儿画像时,突然想起今生虽无大富大贵,却也小有名气的画像生涯,仿佛此刻有成百上千只眼睛在盯着自己,"传世""完美"几个大字老在眼前晃荡,双眼有些模糊……

两天后,石诚叫齐子孙们看自个儿画的像。子孙们你看看我,我看看你,过了一会儿,文生嗫嚅着说,我看还是不太……

还是文秀嘴快,爷爷,你的眼睛画小了,鼻子却画得有些大了,也没啥精

气神。你不是常说,画肖像贵在形神兼备吗?哦,对了,有些街坊不知咋晓得你在为自己画肖像,都说一定会成为经典哩。

爸,你这些日子是不是有啥心事?大刚话中有话。

石诚瞄瞄儿子,又瞅瞅孙子孙女,似有些无奈地说,好吧,我再来一遍。

石诚没有想到,他第三次提起画笔时,除了内心里老想着"传世""完美""形神兼备"等字眼之外,一些街坊的"成为经典"之说,也不时地在敲打他的脑门,那只握着画笔的右手不停地轻轻抖动……

过了几天,石诚第三次把子孙们叫到一起,去工作室看自个儿的第三张自画像。

这一回,文生和文秀都没吭声,神情有些古怪地一齐朝老爸挤眉弄眼……

大刚心里一咯噔,老爸咋回事,画像上咋没有一点儿皱纹和老人斑?他略一沉吟,对老爸耳语道,要不,我帮你改一下?

石诚脸一红,心里直纳闷:唉,咋会这样?这几十年来为他人画肖像,少说也有几千张,从未失手过。如今为自个儿画张肖像,咋就这么费劲……

死亡的预言

盐　夫

　　说赌局之前,先说说先生。

　　先生说治不了的,多数情况是真的治不了。

　　先生医术高超。先生尊重科学,崇尚现代医学技术。

　　先生说:"生有其道,死亦有其道,道法自然。"

　　先生不凭空臆想,望、闻、问、切一个不少,每一个结论,都有其诊断依据。慕名拜访先生的听此语,如雷轰顶,却不愿相信这一切是真实的。先生也是如此,先生但愿自己的结论是最蹩脚的错误,但事实总归是事实。

　　先生是有学问的,有学问的说话自然有学问,婉转含蓄,语气舒缓得当,有分寸,留些念想的余地。先生淡淡地说:"再到外边看一看吧。"

　　先生轻飘飘的话语,讲孝道的患者的儿女们却很重视,往往连夜收拾启程。

　　先生所说的外边,大凡指的是上海,也有指南京的。到了上海、南京,先生说治不了的,一般情况下,这两座城市的学术权威们的结论,往往也是一致的。去过大都市,去过最好的医疗机构,患者的儿女们心也安顿了,镇上也不会流传闲言碎语。患者遵循先生吩咐,能吃的,就吃点儿金贵的东西;不能吃的,就打些点滴维持生命。扛过枪闹过革命的、有出生入死的好战友

的，或者年轻时风流过的、有情人有私生子的，有七大姑八大姨的，想与谁见最后一面的就见，不必顾虑。趁能开口说话，把遗嘱也立好。约好木匠和裁缝，打棺材、做老衣的事也别再拖，得开工。做老衣动静小，打棺木有些声响，叮当的刀斧之声能传得好远。总有看闲的，揣摩棺木的材质，用了几块板，板厚是几寸几分的，三五板的还是四六板的——这里面有学问。

老衣好了，棺材好了，有正好就能用上的，吹吹打打，不过三日，抱个盒子，扎个假人，抬到地里，丧事就这样结束了。这些天，孙辈们不用上学读书写作业，吃喝得也开心。有些孩子会傻傻地问："啥时再来吃喝？"自然被一声斥骂，打嘴，却不真打。

也有一时咽不了气的，拖个十天八日的还行，久病无孝子，再久就有点儿让人嫌恶。上班的不能上班，读书的不能读书，从外地赶回来的，走也不是，不走也不是。

念想起先生，总是在这节点上。先生既然能看生，也就能看死。生与死，事物的两方面，一个道理。而在先生看来，大不一样，看生难，看死就更难。看生讲究医术，看死讲究境界。先生看生是坐着的，冷着面孔，目光睿智；看死却是站着的，满脸的临终关爱。

先生往往先从脚趾看起，由指甲的颜色，能知血液氧含量；看肌肤水肿，能知心力衰竭程度；膝盖、腹腔、肛门、脉搏、舌苔一应看下来，先生便知大致的情形，最后先生需要看眼球验证。

先生不看瞳孔，瞳散人亡，这是基本常识。

先生看什么？

先生说："意会，难以言传。"

先生又说："眼睛是灵魂的嘴巴，会说话。"

据传，先生能听到生命的梵音"如丝如缕，飘忽不定，时而甚深如雷、清澈远播，时而闻而悦乐、入心敬爱、谛了易解"。是否如此？先生是老党员，不烧香不拜佛，也不置可否。

先生不抽烟,这时,先生或许要支烟,可能还会要个火。在火柴划亮的一瞬间,先生已经从眼睛与光的关系上,知晓病者气数。

先生把烟撤灭,神情严肃地说:"六日,不过六日。"

有个准确时间,后事就可以按计划操办,哪天杀猪羊鸡、哪天音乐班子到场、丧事做大还是做小、报丧的范围,都可以慢慢敲定,事情做得有条有理。到了第六日,唢呐一响,只需就着《万里长城永不倒》的曲调磕头。

事毕,得一句邻居夸奖:"有福,事情做得好!"

先生七十有五,这年岁,这声望,每日可以喝茶、读报、下棋,若有好心情,也可以与月对饮,花看半开、浅醉微醺之后,好梦一场,有请看生的看生,有请看死的看死,日子理应过得逍遥自在,偏偏先生平生好仗义,无由生出事端,莫名与武三设下赌局,一时传遍上冈古镇。

谁不能招惹,偏要招惹武三? 武三是谁? 光头、文身、墨镜,用先生的话描述,这狗日的还有一条金狗链子。镇长讲和谐、怕事大,劝先生服软求和,退一步海阔天空。

先生摇摇头。

先生知道,老武头儿是个实在人,偏偏生了个不着调的畜生武三。先生还知道,老武头儿有病,却没钱看病,钱都被武三敲走了。武三不给老武头儿治病不说,还当街骂他是老东西,好吃懒做,没病装病。

先生看不顺,早就想治治这狗日的了。

有胆小怕事的,关上门窗,不说半句是非。

也有好事的,插上一杠子:"有病没病,去请先生看一看便知道。"

树大招风,明知道有人使绊子,先生还是来了。来了,先生还看了。

自知心虚,武三便甩给先生一支烟,先生火一划更知情形了。

武三问:"没病吧?"

武三话里有话,先生能听出端倪,只需顺势而语,这事也就完了,偏偏先生照实说了:"有病,很严重。"

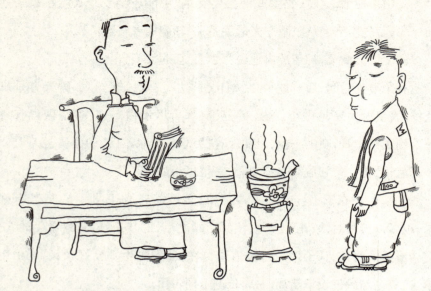

怕有事，那天，镇长来了，派出所所长也来了。镇长、所长、在场的人都听到先生说的话了。

武三恶恶地看先生："这么说，要死了？"

从未有人对先生如此不恭，先生便有些火气。

先生淡淡地说："过不了冬！"

镇长说了，所长也督促武三送老武头儿就医。

武三却不接话茬儿，抽出砍刀，把刀架在自己手腕上："赌一把？"

先生不语，看闲的便轻蔑地看先生，先生仍不语，却把手腕伸了出来……

那年冬季特别寒冷，对于老武头儿来说是致命的。如先生预言，老武头儿去世了，没过冬。有人失望，有人庆幸。先生的手腕保全了，但武三却没种砍下自己的手腕。武三从看守所里放出来时，镇上人都看见了，武三是用双手给先生敬烟的。先生把烟挡开，径直走上大街。

先生一派凛然正气。

贵人汤

杨福成

在深山里,一家叫"贵人汤"的饭店火了起来。

这儿虽然离市区很远,但天天食客爆满,周六周日的客人就更多了,必须提前预订,否则,就十之八九没座儿。

这家饭店之所以叫"贵人汤",就是因为它的汤做得好,其他的菜也就是一般的农家菜,没有什么特别的。

所有的客人,都是为这道汤而来的。

有的人当天喝不上,就在附近找个农家宾馆住下,等着第二天早早去占张桌子。

据他们那儿的服务员说,要是旺季,有的客人等四五天才能排上号。

这汤咋样啊?

好啊,从来都没喝过这么好的汤!

这汤这么好,到底是用什么做的呢?

尝不出来,肯定是山里很稀有的药材。

这汤到底是什么滋味呢?

复杂,很复杂啊。人间的天上的仙界的佛界的都有,千般滋万般味,太妙了,做汤的这个人一定有很深的学问啊!

没有喝到的在议论这道汤，喝过的也在议论这道汤。

有位山里的老人看着这么多人开车大老远跑来就为了喝这么一碗汤，禁不住就笑了，说，这汤不就是用我们这儿的破石头煮的吗，你们放着大鱼大肉山珍海味不吃，却来山旮旯里喝这玩意儿，真是好笑！

听老人说这话，来的客人就笑了，说，你真是个土老帽儿啊，大鱼大肉山珍海味有什么好吃的？你说这汤是石头做的，石头能做汤吗？人家能做得味道这么美这么鲜这么有营养，用的料肯定是名贵的药材，这药材就算是长在你的眼皮底下，你也不识货啊！

老人看看客人，笑了笑，没再说什么。

和这"贵人汤"比邻的是一家私房菜馆，原来也是天天爆满，可"贵人汤"开业后，就变得门可罗雀了。

私房菜馆的老板气不过，想弄个究竟，看看"贵人汤"的这道汤到底用的是什么料。

开始是派厨师去品尝，但几个厨师品尝回来，都说味道不一般，可就是说不出用什么料做的。

大家这么说，老板更是纳闷了，于是他就安插马大厨混到了"贵人汤"饭店的厨房，心想这回一定能弄个水落石出。

别说，马大厨在"贵人汤"待了几天，还真弄出"石头"来了。

马大厨仔细观察后，回来向老板汇报说，他在"贵人汤"的厨房里除了看见几块石头外，没有发现什么特殊的原料。

老板一听这话快气疯了，大骂马大厨，你他妈的傻瓜啊，石头能做汤吗？从今天起你就别睡觉了，给我一天二十四小时不眨眼地盯着做汤的那个厨师，看他到底用的是什么料。

被老板这么一骂，马大厨也觉得自己是在胡说，怎么能用石头做汤呢？于是，他想尽办法靠近了做汤的那个厨师，一天到晚地跟着他。

果真，他看到了做汤的整个过程。

凌晨四五点钟，做汤的老师傅就早早起来，往大锅里加满水，然后生火。

等水开始沸腾了，老师傅就从案子上搬过一块石头，轻轻地放到锅里。

等水再一次沸腾了，老师傅就往锅里扔进一个大大的料包。

没过几分钟，料包就鼓了起来，石头开始变颜色，水也开始变颜色。

再过半个多小时，老师傅就把火熄灭，一锅汤就这样做好了。

汤还真是用石头做的！

马大厨赶紧回去把看到的这些一五一十地给老板说了，本以为老板会因为他发现了这个天大的秘密而夸奖他两句。

可谁知，老板却狠狠地踹了马大厨一脚说，你个叛徒，"贵人汤"的老板给了你多少钱，你一次次拿着一块破石头糊弄我，就是不给我说实话。快滚，我永远不要再看到你！

"贵人汤"真是用石头做的。马大厨亲眼所见，千真万确。可老板不信啊，谁听了他的话也都不信啊！

背着铺盖卷，马大厨伤心地走在蜿蜒的山道上，一辆辆奔着"贵人汤"而来的豪华小轿车疾驰而过，让他忍不住生出慨叹：一道石头汤，煮尽千般味。别人笑我太疯癫，我笑他人看不穿……

哪儿来的消息

三·石

清水县一个乡长来到了我的办公室，什么乡已经记不得了，乡长叫什么名字也很模糊，依稀是姓谢。也不好细问，问多了，人家基层来的同志难免尴尬，而且也显得我等高高在上。

原以为谢乡长（姑且算姓谢吧）只是礼节性地拜访一下，不想一坐下他便掏出一沓材料递给我，然后向我汇报乡里的经济和社会发展工作，多少让我有些摸不着头脑。

虽然我在市里工作，大小是个领导，当然，对谢乡长而言，可以算是大领导喽，但乡镇的工作毕竟不在我的职责范围内。当然，我不可能随意打断或者不让人家汇报，所以我耐心地听完谢乡长有些结巴的连篇累牍，然后还说了几句堂而皇之的话，当然是肯定类的。

说完之后我终于忍不住问了谢乡长，为什么要向我汇报乡里的工作？谢乡长有些不自在，说其实也没什么意思，只是想让我早点儿了解他们乡里的工作情况。

谢乡长话里的"早点儿"几个字让我有些茫然。但我没有追问下去，以我跟谢乡长的身份差距以及熟悉程度，自然不便跟他有过于深入的交流。

谢乡长临走时，从包里拿出两条烟，在我的婉拒下，他有些灰头土脸。

如果说谢乡长的拜访让我有些云里雾里的话，而随后发生的事情，更是让我有些始料不及了。

先是一条微信。清水县一个局长发来的，既然相互加了微信好友，便算多少有些交情，不过也谈不上太深，只是偶尔有些联系。微信只八个字：恭喜领导！欢迎领导！于是我又是一头雾水，回了一条：我有什么喜事值得恭喜的？连我自己都不知道，何来恭喜？少顷，对方又发来一条微信：算我胡说，算我胡说。附加一个红脸的表情。

再就是一个电话。一个曾经的同事，现如今在清水县当个副职领导。电话里他说，想当年就被你压迫，好不容易跑到县里，你又随风而至，继续压迫我。求求你放过我吧。听得出来，电话那头的他是极为兴奋的。

而此时，我似乎终于明白了什么。

正值县里换届，一如既往的谣言满天飞，谁谁谁当书记，谁谁谁当县长，一个个比组织部长都知道得清楚。但所谓无风不起浪，一般而言，这类传言多多少少都会有些来头，可此刻，我这个当事人，却不知道这妖风是从哪个犄角旮旯刮来的，有些哭笑不得。而且以我目前的工作岗位，如果市里真想安排我去县里当书记或是县长，怎么说领导也会旁敲侧击地让我多少有些感觉。

所以我对他说，哪儿来的消息？压根儿就没影的事，我这年纪再到县里工作已经不适合了。我还提醒他说，你是领导，可别瞎传这些没有根据的谣言，违反换届纪律。

然而他显然没有听懂我的话,笑得嘎嘎的,我知道,我知道,我就是压抑不住兴奋的心情,才给你挂个电话。在外面我一个字都不会说,你放一万个心吧。

放下电话不一会儿,又来了一个人,是清水县委办的胡主任。胡主任我自然熟悉,每每下乡到清水,都是他出面接待的。还没等胡主任开口,我便意味深长地说,胡主任,你不会是来请示汇报工作的吧?胡主任便笑了,领导真是料事如神。我倏地收起笑容,盯着胡主任很严肃地说,那好,我现在郑重地告诉你,关于我要到清水工作的传言,完全是彻头彻尾的谣言,你这个县委办主任要有高度的政治意识,绝不能人云亦云,跟着人家瞎传瞎跑,要汇报工作,你按正常程序,别在这里胡扯。胡主任显然没有想到我会这样,愕然了好一会儿,然后忙不迭地说,领导批评得对,批评得对,我这就走,这就走。

说完,还真的就走了。

胡主任走后,我关起了门,心里想,这是哪儿来的消息呢?

我理了一遍,除了肯定这是无中生有之外,还真是理不出一点儿头绪来。理不明白也就算了,反正我自己也没这想法,犯不着为这不着边际的谣言费神伤脑。

点上烟,我顺手拿过一本书。那是一本厚厚的精装书,是前些日子,市政协文史办约我写一篇关于清水的文史类文章,我让清水文史办帮我借来的《清水县志》。

我恍然大悟。